1945

배
삼
식

1945

배삼식

1945

민음사

연규에게

차례

서문

몇 년 전 돌아가신 무용평론가 조동화 선생(1922~2014)은
함경북도 회령 출신이시다. 선생은 한 잡지에 기고한 글에서 고
향 친구가 해방 당시에 겪은 일을 이렇게 전한다.

서울 근방 한적한 수력발전소의 기사로 있는 보통학교
동창에 J군이 있다. 한 달에 한 번 정도 대학을 다니는 하나
만의 아들을 보러 서울로 오는 정도, 별로 친구도 만나지
않고 다시 산속에서 평범한 생활을 하는 친구이다. 이것은
보통학교 때부터의 그의 성격이다. 때문에 그저 그렇게 사
는 것인 줄만 알았다. 그런데 3, 4년 전 오래간만에 만난 한
친구와 고향 얘기를 하다가 J군의 집안 이야기를 들었다. J
군이 월남하기까지의 짧막한 얘기지만 그 당시의 나 정도
의 용기나 결단으로는 감히 생각도 못할 굉장한 것이었다.
그런데 J군은 한 번도 나에게 그런 자기 이야기를 한 적도
없었을 뿐 아니라, 모두들 거짓도 보태며 큰일 치룬 말을

자랑삼아 할 때도 J군만은 언제나 조용히 그런 말을 듣고만 있었다. 회령에 진주한 소련군들은 일본인들을 분류 수용하고 처형하기도 하였다. 하룻밤 사이에 천하가 바뀌어 일본인이 당하는 꼴은 통쾌하기도 하였으나 젊은 부녀자들이 당하는 기막힌 사정에는 의분을 감출 수 없었다. 그러나 마음속으로만 생각할 뿐, 그 당시의 대의명분과 개인의 힘으로 감히 어떻게 할 도리는 없었던 바로 그때, J군은 일본인 일가족 다섯 명을 빼내어 자기 집 천정 속에 며칠 감춰 두었다가 변장시켜 같이 월남하였다는 것이었다. 그 후 나는 J군을 만났을 때 그 당시의 이야기를 물었더니 그는 아주 멋쩍은 표정으로,

"아이를 업은 한 일본 부인이 내 곁으로 와서 배앓이에 먹는 약을 청하는 거야. 그리고 그가 말하는 그 수용소 사정은 말이 아니고, 세 아이는 모두 배앓이…… 그리고 남편은 아마 오늘밤 중으로 죽게 될 거라는 거 아냐! 어떻게 해? 운 나쁘게 걸린 거지! 구원을 요청하는데 가만 있을 수 있어? 그래서 그에게 가족을 데리고 수용소 뒤쪽에 나와 있으라고 했지! 그리구 철망을 끊고 데려 내온 거야. 밉지만 말이야, 손들고 살려 달라는데 불쌍했어. 대여섯 살쯤 되는 그 셋째 애가 철망을 기어나올 때 머리가 한 뼘이나 찢겨 피가 줄줄 나는데도 소리내지 못하고 벌벌 떨고 있는 것을 보구, 나는 내 한 일이 잘된 것이라는 신념을 가졌어! 얼마나 무서운 세상이었으면 꼬마가 울지도 못했겠어! 동두천까지 와서 이제는 무사히 월남하였다는 말을 했더니

그 부부가 나를 붙들고 막 우는 거라! 창피해서 혼났어! 그때부터 그놈들이 또 막 미워지지 않아? 그리구 난 그들을 내버리고 서울에 오고, 아마 그들은 그곳 일본인 수용소에 떨어졌을 거야!"[*]

그러하다. "운나쁘게 걸린 거"라 입맛이 써도, 생각하면 "또 막 미워지"더라도 차마 돌아설 수 없는 마음. 가끔 그렇게 우리는 우리를 속이며 이 '무서운 세상'을 겨우 건너간다.

서문을 대신하여
2019년 여름, 배삼식

---

[*] 조동화, 「함경도 사람들」, 《북한》, 1973년 10월호, 북한연구소, 252~253쪽.

1945

2017년 7월 5일 명동예술극장(서울)에서 초연.

때

1945년 늦가을 / 1946년 여름

곳

만주 장춘, 조선인 전재민 구제소. 서울.

등장인물

이명숙

미즈코

김순남

구원창 　　순남의 남편

숙이 　　　순남과 원창의 딸

철이 　　　순남과 원창의 아들

오영호

이 노인

이만철 　　이 노인의 아들

송끝순 　　만철의 아내

장 씨

박선녀

훈 　　　　원창의 친구

최 주임

그 외 일종의 코러스로서, 일인 다역 배우들

1

깊은 밤. 어둠 속 멀리 가끔 총소리.

거친 숨소리. 누군가 무언가를 게걸스럽게 먹는 소리.

밝아지면 두 여인이 보인다.

명숙과 미즈코, 숨을 몰아쉬며 볼이 미어지게 떡을 먹는다.

명숙, 꼬깃꼬깃한 지폐를 세어 미즈코에게 건넨다.

명숙	히토쯔 니햐쿠엔, 이츠쯔데 셍엔, 후따리데 와케떼 고햐큐엔······. 호라, 안따노 분. 모찌다이 주엔와 와따시가 다시타까라네.(하나에 200엔, 다섯 개 1000엔, 둘로 나눠 500엔······. 받아, 네 몫이야. 떡값 10엔은 내가 냈다.)
미즈코	······.
명숙	나니요, 소노 까오와? 누슨다 모노오 웃다와께자 나이다로!(왜 그렇게 보는 거야? 훔친 물건을 판 것도 아니잖아!)
미즈코	모노자나끄떼······. 고도모데쇼······. 히토쯔자나끄떼, 히토리데쇼!(물건이 아냐······. 아이야······. 한 개가 아니라 한 명이야!)
명숙	다까라 난닷떼 유우노?(그래서, 뭐? 뭐, 그게!)
미즈코	이야······. 난데모나이.(아냐······. 아무것도 아냐.)

명숙　　요라나이노^{要らないの}?(안 받을 거야?)

미즈코, 명숙이 건넨 돈을 받아 들고 떡을 우물거리며 훌쩍
거린다.

명숙　　그 여자들은 움직이지도 못했어. 너도 봤잖아. 누운
채로 설사를 줄줄 흘리면서. 지금쯤은 아마…… 내
버려 뒀으면 그 애들도 죽었을 거야. 훔치거나 뺏어
온 게 아냐, 그 여자들이 우리한테 맡긴 거라고. 우
리가 그 애들을 살린 거야. 그 애들 덕분에 넌 떡을
먹고! 난데 나꾸노? 나끄노와 야메나사이! (왜 우는
거야? 울지 마!)

미즈코, 여전히 떡을 우물대고 훌쩍거리며 받아 든 돈을 세
어 본다.

미즈코　　(중얼대며) 쭈고끄진와 니혼진노 고도모낭까 가떼
도스룽다로오?*(중국인들은 일본 아이를 사서 무얼

---

*　"……만주에서는 15년 전 중국에 온 일본인이 소련군 침공으로 허둥지둥
하다 본국으로 못 들어가고(대부분의 운송 수단이 일본 군대나 고위 일
본 관료를 위한 것이었기에) 암시장에 기모노와 가구, 골동품 등 온갖 물
품을 내다 팔면서 살아남았다. 어떤 경우에는 갓난아이까지 팔았다. 일본
인 지능이 천부적으로 높다는 식민 시대의 신화 탓에 일본 아이들은 인기
가 있었다. 특히 미래에 사용할 인력이 필요한 중국인 농부들에게는 더욱

하려는 걸까?)

명숙   잡아먹으려고.

미즈코   마사카!(설마!)

명숙   바카다네.(바보.) 너 같으면 잡아먹겠냐? 그렇게 비

싸게 주고 샀는데. 잘 키워서 두고두고 부려 먹겠지.

그 애들은 운이 좋은 거야.

미즈코   운가 이이?(운이 좋아?)

명숙   적어도 일본 애로 태어났으니까. 망했어도 일본 것들

은 대접을 받네, 염병할. 시세가 좋아요. 중국 것들,

일본 애들이 머리가 좋다고 환장하니까.

미즈코   모또 다카쿠 우레바 요카따. 산뱌쿠엔와 도레타노

니. 다카쿠 가에바 다이세츠니 스루데쇼.(좀 더 비싸

게 팔걸 그랬어. 300엔은 받았어야 하는데. 비싸게

사야 소중히 다룰 테니까.)

명숙   네단노 꼬오쇼오시따노와 안따다요.(흥정은 네가 했

잖아.)

미즈코   소오, 스즈란…… (다시 울먹이며) 와따시가 아노 꼬

다찌오 우리토바시딴다, 아노 오사나이 고도모다찌

그랬다. 나중에 일본은행 부총재가 된 후지와라 사쿠야(藤原昨彌)는 전쟁
이 끝났을 때 만주에 살던 어린아이였다. 사쿠야의 부모는 암시장에 가재
도구를 팔았다. 그는 중국인들이 "아이들도 팔아요? 아이들도 팔아요?" 하
고 소리치던 장면을 기억하고 있다. 가격은 300~500엔이었다. 가끔 아이들
을 더 비싼 값에 되팔기도 했다……." 이안 부루마, 신보영 옮김, 『0년』(글
항아리, 2016), 108~109쪽 참조.

	오.(그래, 스즈란…… 내가 그 아이들을 팔았어, 그 조그만 애들을.)

명숙 　호까니 호오호오가 아루? 츠레떼이케루와케나이다로.(그러면 어떡해? 데려갈 수도 없잖아.)

미즈코 　데모, 스즈란…….(하지만, 스즈란…….)

명숙 　그 니미럴 개좆같이, 자꾸 스즈란, 스즈란 할래! 독립이 됐어두 내가 스즈란이야? 말했지, 내 이름은 명숙이라고. 이, 명, 숙.

미즈코 　면스끄.

명숙 　면스끄가 아니라 명, 숙!

미즈코 　면숙.

명숙 　마타꾸!(나, 참!)

미즈코 　네에 아노…….(근데 저기…….)

명숙 　닝겐자나이. 모노다요, 스테라레타 모노.(사람이 아냐. 물건이야, 버린 물건.) 미즈코 너도, 나도, 조센노, 니혼노. 닝겐자나이. 여기 사람 같은 건 없어. 사람들은 벌써 다 빠져나갔어. 돈 있고 힘 있는 것들은 소식도 빠르고 눈치도 빠르니까. 남아 있는 건 민나 모노란다요, 스테라레따 모노. 안따모 와따시모 도오세 우리또바사레따 모노쟈 나이까?(어차피 너나 나나 팔린 물건 아니었어?)

미즈코 　와따시가 이이따이노와…….(내 말은…….)

명숙 　(말을 끊으며) 물론 이제 우리는 풀려났지. 주인들이 우릴 버리고 달아났으니까. 하지만 달라진 건

없어. 예전엔 그것들이 우릴 팔았지만, 이젠 우리

가 우릴 팔아야 한다는 거……. 달라진 건 그것뿐

이야. 소레가 카이호데 도쿠리쭛데 꼬또사. 와카

루까이?(그게 해방이고 독립이야. 알겠어?)

미즈코 　소레와 와깟데루, 데모…….(그래 알아, 하지만…….)

명숙 　데모, 난다이?(하지만, 뭐?)

미즈코 　아노네…… 쥬엔 다리나인다께도.(저 그게…… 10엔

이 모자라서.)

명숙 　뭐?

미즈코 　고멘! 데모…… 도시떼모 키니나떼…… 난까이

가조에떼모 계이산가 아와나끄떼…… 이에, 이아

노!(미안! 하지만…… 아무래도 마음에 걸려서……

계산이 정확하지 않으면, 여러 번 세었는데도 역

시…… 아냐, 아냐!)

명숙, 안 받겠다는 미즈코에게 10엔짜리 한 장을 기어이 건

네준다.

두 여인, 잠시 말이 없다.

제법 가까운 데서 총소리.

미즈코, 놀라 떡에 목이 메어 딸꾹질을 한다.

명숙 　염병할 로스케들.

미즈코 　이누모 호에나이네.(개도 짖지 않네.)

명숙 　다 잡아먹었나 보지.

사이.

미즈코   네에…… 스즈란…… 아아, 면스<ruby>꼬<rt></rt></ruby>…… 와따시따치
고레데 오와카레나노?(저…… 스즈란…… 아니, 명

숙…… 이제 우리 헤어지는 거야?)

명숙   응.

미즈코   혼또?(정말?)

명숙   혼또.(정말.)

미즈코   도오시테모?(꼭?)

명숙   도오시테모!(꼭!)

미즈코   도오시테?(어째서?)

명숙   도오시테모 고오시테모 나이데쇼! 니혼진와 니혼
진 도오시, 조센진와 조센진 도오시, 소레조레노
미치오 이꾼다요! 소레가 도쿠리츠데모노난다. 와
카루?(어째서는 뭐가 어째서야! 일본인은 일본인대

로, 조선인은 조선인대로, 제 갈 길로 가는 거다. 그

게 독립. 알겠어?)

사이.

미즈코   면스<ruby>꼬<rt></rt></ruby>와 도꼬니 이꾸노?(명숙은 어디로 가?)

명숙   몰라.

미즈코   와까라나이? 구니니 가에라나이노?(몰라? 고향으로

가는 거 아니야?)

21

명숙	구니?(고향?)
미즈코	와쓰레따노?(잊어버렸어?)
명숙	안따 바까까이?(너 바보냐?)
미즈코	고멘.(미안.)
명숙	……다른 데는 다 가도 거긴 안 가. 거기만 아니면 어디든지.
미즈코	도꼬데모?(어디든지?)
명숙	그래……. 열차를 타고 남쪽으로 쭈욱 내려가다가, 마음에 드는 곳에서 내릴 거야. 마음에 드는 남자를 만난다든지.

두 여자, 낄낄댄다.

미즈코	기메라레따 바쇼와 나이노네.(정해진 곳은 없구나.)
명숙	이제껏 정해진 데로만 끌려다녔잖아.
미즈코	혼또니네.(정말 그래.)
명숙	넌 고향으로 갈 거야? 하카타……?
미즈코	이에, 시코쿠.(아니, 시코쿠.)
명숙	하카타라고 하지 않았어?
미즈코	구니와 하카타다께도, 시코쿠니 이꾸노. 구니니와 다레모 이나이시.(고향은 하카타지만, 시코쿠로 갈 거야. 고향에는 아무도 없으니까.)
명숙	시코쿠가 어딘데?
미즈코	하카타요리 줏도 미나미.(하카타에서 더 남쪽이야.)

명숙   머네.

미즈코   지쯔와 와따시모 마다 잇다 고또 나이노.(실은 나도

            아직 안 가 봤어.)

명숙   거기 누가 있어?

미즈코   응…… 이마와 모오 이나니 히토가 이따 바쇼…….(글

            쎄…… 이제는 없는 사람이 있던 곳이지…….)

명숙   나니 잇데르노?(뭐라는 거야?)

미즈코   초슌마데 아또 도레끄라이?(장춘까지는 얼마나 남

            았을까?)

명숙   내일 아침 일찍 나서면, 걸어가도 아마, 오후쯤엔 도

            착할 거야. 운 좋게 토락구(트럭)라도 얻어 타면 더

            빨리 갈 수도 있고.

미즈코   소꼬까라 기샤니 노룽데쇼?(거기서 기차를 타는 거

            야?)

명숙   모르지. 언제 탈 수 있을지……. 조선인, 일본인 할

            것 없이, 헤이허, 치치하얼, 목단강, 하얼빈 쪽에서 죄

            다 장춘으로 내리밀리는 판이니까. 벌써 장춘은 미

            어터질걸. 거기까지야.

미즈코   소꼬마뎃데?(거기까지?)

명숙   우리가 함께 가는 거.

미즈코   몃스끄…….

명숙   기차를 타려면 피난민 증명서를 확인할 텐데.

미즈코   니혼진와 노세나이데쇼오네. 소시떼 니혼진와

            니혼진도오시데 아르이떼 이까나꺄 나라나이데쇼

네……. 삿기노 아노 온나노히또따치 미따이니.(일본
사람은 태워 주지 않겠지. 그리고 일본인은 일본인끼
리 걸어가야 하겠지……. 아까 그 여자들처럼.)

명숙 　조금 기다리고 있으면 차례가 올 거야. 조선 사람들
이 좀 빠지고 나면…….

미즈코 　데모 면스끄…… 와따시오 츠레뗏데?(하지만 명
숙…… 날 데려가 주면 안 돼?) (명숙 앞에 무릎을 꿇
으며) 오네가이! 와따시오 잇쇼니 츠레뗏데. 도오까
와따시오 스떼나이데초오다이!(부탁할게. 나하고 함
께 가 줘, 날 버리지 말아 줘!)

명숙 　알잖아. 그럴 수 없는 거. 난 조선 사람들 패에 끼어
야 할 텐데…… 네가 일본 사람이라는 걸 알면, 나까
지 맞아 죽을 거야.

미즈코 　와따시닷데 안따노 유꼬또와 와깟떼루. 와따시
히또리나라 스나오니아끼라메루께도…… 와따시,
삿끼노 히또따치 미따이니 나리따끄나이. 와따시
히또리나라 도낫떼모 이이…… 데모 고노꼬다께와
나니가 앗떼모.(받아들여야 한다는 거 알지만, 나 혼
자라면 얼마든지 받아들이겠지만…… 난 그 여자들
처럼 되고 싶지 않아. 혼자라면 상관없지만…… 이
아이는 안 돼.)

명숙 　뭐? (사이) 아이?

미즈코 　소오나노, 면스끄.(그래, 명숙.)

명숙 　죠단데쇼?(농담이지?)

24

미즈코 ·······.

명숙 혼또?

미즈코 응.

사이.

명숙 안따노 시큐와 고우떼츠까이?(네 자궁은 강철이
냐?) 그렇게 긁어냈는데도 애가 들어섰단 말야?

미즈코 소노 따비니 안따노 세와니 낫다네. 안따노 도끼와
와따시가 세와시떼.(그때마다 네가 날 보살펴 줬었
지. 네가 그랬을 땐 내가 그랬고.)

명숙 웃어? 누구 씬지도 모를 애를 배구서, 언제 끝날지도
모르는 피난길에?

미즈코 와깟데루.(알아.)

명숙 알아?

미즈코 오카다 상.

명숙 오카다?

미즈코 응.

명숙 그걸 네가 어떻게 알아!

미즈코 소노꼬로 삿쿠오 츠께나이데 시따노와 오카다 상
다께닷다까라.(그즈음에 삿쿠(콘돔)를 안 쓰고 한
건 오카다 상뿐이었거든.)

명숙 오카다는·······.

미즈코 센시시따와.(죽었지.)

(품에서 종이에 싼 작은 뭉치를 꺼낸다.) <ruby>고레가<rt>これが</rt></ruby> <ruby>아노히<rt>あの人が</rt></ruby> <ruby>또가 그레따<rt>くれた</rt></ruby> <ruby>사이고노<rt>最後の</rt></ruby> <ruby>오끄리모노<rt>贈り物</rt></ruby>.(이게 그 사람이 나한테 준 마지막 선물이야.)

미즈코, 종이 뭉치를 조심스레 펼쳐 본다.

하얀 가루.

미즈코 <ruby>지붕와<rt>自分は</rt></ruby> <ruby>모오<rt>もう</rt></ruby> <ruby>이키떼<rt>生きて</rt></ruby> <ruby>가에레나이<rt>帰れない</rt></ruby>. <ruby>미즈코가<rt>ミズコが</rt></ruby> <ruby>로스케<rt>露助</rt></ruby> <ruby>도모노<rt>どもの</rt></ruby> <ruby>나구사미모노니<rt>慰み者に</rt></ruby> <ruby>사레루노와<rt>されるのは</rt></ruby> <ruby>가만데끼나이<rt>我慢できない</rt></ruby>. <ruby>난또까시떼<rt>何とかして</rt></ruby> <ruby>기미노<rt>君の</rt></ruby> <ruby>메이요또<rt>名誉と</rt></ruby> <ruby>지손싱오<rt>自尊心を</rt></ruby> <ruby>마못데<rt>守って</rt></ruby> <ruby>야리따리<rt>やりたい</rt></ruby>. <ruby>꼬꼬로까라<rt>心から</rt></ruby> <ruby>미즈코오<rt>ミズコを</rt></ruby> <ruby>아이시떼룻데……<rt>愛してるって</rt></ruby>. <ruby>와따시와<rt>私は</rt></ruby> <ruby>나니모<rt>何も</rt></ruby> <ruby>이에나깟다<rt>言えなかった</rt></ruby>. "<ruby>아나따노<rt>あなたの</rt></ruby> <ruby>꼬도모오<rt>子を</rt></ruby> <ruby>미고못다노요<rt>身ごもったのよ</rt></ruby>." <ruby>소오<rt>そう</rt></ruby> <ruby>이이따깟다<rt>言いたかった</rt></ruby>. <ruby>데모<rt>でも</rt></ruby> <ruby>이에나깟다<rt>言えなかった</rt></ruby>. <ruby>고레오<rt>これを</rt></ruby> <ruby>노무꼬또모<rt>飲むことも</rt></ruby> <ruby>데끼나깟다<rt>できなかった</rt></ruby>.(이제 자기는 다시 오지 못한다고. 미즈코가 로스케들 노리개가 되는 건 도저히 참을 수 없다고. 어떻게든 명예와 자존심만은 지켜 주고 싶다고. 정말 미즈코를 사랑한다고……. 난 아무 말도 못했어. "당신 아이를 가졌어요." 말하고 싶었어. 하지만 말하지 못했어. 이걸 먹을 수도 없었어.)

사이.

미즈코, 청산가리를 다시 곱게 접어 품에 넣고, 다시 무릎을 꿇고 명숙 앞에 엎드린다.

명숙   미친놈!

미즈코   오네가이.(부탁해.)
<small>お願い</small>

명숙   내일 장춘에 가서 찾아보면, 거긴 의사가 있을지도 몰라.

미즈코   이에. 와따시와 고노 꼬또 잇쑈니 시코쿠니 이꾸.
<small>いいえ 私は この 子と 一緒に 四国に 行く</small>
시코쿠 다카마쓰, 오카다상노 꼬쿄오. 소꼬데 고노
<small>四国 高松 岡田さんの 故郷 そこで この</small>
꼬오 운데 소다떼루노.(아니. 난 시코쿠에 갈 거야.
<small>子を 生んで 育てるの</small>
이 아이하고 함께. 시코쿠 다카마쓰. 오카다 상 고
향. 거기 가서 이 아이를 낳을 거야.)

명숙   너 혼자 가도 갈까 말까 한 길이야. 얼마나 걸릴지 기
약도 없어. 사람들은 침을 뱉고 돌팔매질을 하고, 일
본 사람들한테는 먹을 걸 팔지도 않고, 주지도 않아.
기차도 태워 주지 않아. 그 여자들 봤잖아. 걷고 걷
다 녹초가 되고, 배가 고파 아무거나 주워 먹다 탈
이 나고, 콜레라나 이질에 걸려서 설사를 쏟다가 길
바닥에 쓰러져서…… 너도 그렇게 될 거야. 길바닥에
서 애를 낳다 너도 죽고 애도 죽어!

미즈코   다까라 꼬오얏데 다농데룽쟈나이. 와타시와 안나
<small>だから こうやって 頼んでるんじゃない 私は あんた</small>
후우니 나리따끄나이. 고노꼬오 시나세루와께니와
<small>風に なりたくない この子を 死なせるわけには</small>
이까나이노요.(그러니까 이렇게 부탁하잖아. 난 그렇
<small>いかないのよ</small>
게 되고 싶지 않아. 이 아이를 그렇게 만들 수 없어.)

명숙   미즈코. 너하고 나는 적이야. 원수라고, 원수! 너하
고 내가 몇 년 동안 한솥밥을 먹고 한 지붕 아래서
가랭이를 벌리고 있었다고 해서, 그게 달라지진 않

	아. 나한테 왜 이래!
미즈코	다레모 이나이.(없잖아.)
명숙	뭐?
미즈코	이마노 와따시니와 안따시까 이나이노요.(나한테는
	지금 너밖에 없어.)

미즈코, 명숙을 향해 빙긋이 웃는다.

어둠 속에 울리는 총소리.

미즈코, 불안한 듯 명숙 곁에 더 바짝 다가앉는다.

미즈코, 품에서 무언가를 꺼낸다.

명숙	뭐야?
미즈코	구찌베니.

미즈코, 립스틱을 빠알갛게 바른다.

명숙	왜, 로스케 소년병이라도 꼬드길려구?
미즈코	아사니닛다라 오토스.(아침엔 지울 거야.)
명숙	그럴 걸 왜 발라?
미즈코	다이끄츠데쇼, 소레니…… 고와인다먼. 난다까
	기모찌가 오치쯔끄노.(심심하잖아. 그리고…… 무섭
	잖아. 왠지 마음이 편해지거든.)
명숙	별…….
미즈코	도오?(어때?)

미즈코 얼굴을 명숙 가까이 들이댄다.

미즈코　장또 미떼요. 도오?(잘 봐. 어때?)

명숙　빨갛지, 뭐.

미즈코　(명숙의 얼굴을 끌어당기며) 네에, 젓도 꽂지.(이리 대

봐.)

명숙　싫어!

미즈코　짓도 시떼떼!(가만 있어 봐!)

명숙　미친년.

미즈코, 명숙의 입술에 립스틱을 바른다.

두 여자, 거울을 보듯 서로의 얼굴을 들여다본다.

멀리서 총소리.

천천히 어두워지며, 화목이 이글이글 타오르는 소리.

증기기관이 헐떡이며, 힘겹게 기차가 움직이기 시작하는

소리.

소련 병사들이 떼지어, 화음을 맞춰 부르는 러시아 민요를 이

끌고, 요란하게 기적을 울리며 달려가는 기차 소리가 멀어지

며, 무대 천천히 밝아지면, 장춘시에 있는 '조선인 전재민 구

제소'의 전경이 보인다.

기차역에서 멀지 않은 곳에 있는, 예전에 정미소(精米所)였던

건물.

정미 기계들은 이미 대부분 뜯겨 나갔고, 아무렇게나 뒹구는

잡동사니와 간혹 남아 있는 기계의 부속들이, 혼란과 약탈의

흔적을 보여 준다.

피난민들은 그 잡동사니들(궤짝, 쌀가마니 등)을 당장 요긴한 생활용구(밥상, 요 등)로 사용한다.

정미소였던 만큼 경사가 심한 천장은 제법 높고, 천장과 목재로 두른 벽도 군데군데 부서지고 뜯겨 구멍이 나 있다.

무대 뒤편에 구제소로 들어서는 두 쪽짜리 커다란 판자문이 있는데, 여닫을 때마다 문쩌귀 소리가 몹시 귀에 거슬린다.

문도 반나마 부서져 있다.

아이들은 뚫린 구멍으로 드나들기도 한다.

구제소 안에는 피난민들의 짐이 어지럽게 널려 있다.

칸막이도 없이 여러 가족이 생활하나 나름대로 구역은 나뉘어져 있다.

숙이와 철이가 구제소 문에 난 구멍으로 기어 들어온다.

숙이 센큐하끄 연주고넨 구가쯔, 와따시와 주잇사이. (1945년 9월, 나는 열한 살.)

철이 보끄와 주우상사이.(나는 열세 살.)

숙이 바까, 와따시가 후따쯔 우에데쇼!(바보야, 내가 두 살 누난데!)

철이 치가우요, 보끄가 후따쯔 우에다요!(아니야, 내가 두 살 오빠다!)

숙이 맛다끄!(어휴!)

철이 꼬꼬와 신쿄.(여기는 신경.)

숙이 이마와 초슌.(이제는 장춘.)

철이 히또쓰끼 마에마데 신쿄닷다 초슌.(한 달 전만 해도 신경이었던 장춘.)

숙이 조센진 센사이샤 큐사이죠.(조선인 전재민 구제소.)

아이로서. 일종의 만담(漫談)처럼.

철이 보<u>끄</u>따찌 난데 꼬꼬니 기타노?(우리 여기 왜 온 거야?)
〔僕たち なんで ここに 来たの〕

숙이 기샤니 노루따메요.(기차를 타러.)
〔汽車に 乗るためよ〕

철이 기샤니 놋데 도꼬니 이꾸노?(기차 타고 어디 가는데?)
〔汽車に 乗って どこに 行くの〕

숙이 조셴.(조선에.)
〔朝鮮〕

철이 조셴떼 도꼬?(거기가 어디야?)
〔朝鮮って どこ〕

숙이 와따시모 시라나이.(나도 몰라.)
〔私も 知らない〕

철이 손나꼬또모 시라나이노, 네에짱노 끄세니?(그것도 모르냐, 누나가?)
〔そんなことも 知らないの 姉ちゃんの くせに〕

숙이 고유 또끼다께 네에짱 아쯔까이 시나이데요. 와따시 닷데 잇다꼬또나인다까라 시라나이.(그럴 때만 누나지. 한 번도 안 가 봤으니 나도 모르지.)
〔こういう 時だけ 姉ちゃん 扱い しないでよ 私 だって 一度も行ったことないんだから 知らない〕

*   이 장면은 김만선의 단편소설 「한글강습회」, 「압록강」(소설집 『압록강』(동
    지사, 1948))과 채만식의 중편소설 「소년은 자란다」(정음사, 1973)에서 공
    간적 배경과 사건의 내용 등을 차용하여, 본 작품의 흐름에 맞게 각색, 변
    형한 것이다.

철이   <ruby>도오시떼<rt>どうして</rt></ruby> <ruby>조셍니<rt>朝鮮に</rt></ruby> <ruby>이끄노?<rt>行くの</rt></ruby>(조선에는 왜?)

숙이   <ruby>도끄리쯔시다까라<rt>独立したから</rt></ruby> <ruby>가에른닷데.<rt>帰るんだって</rt></ruby>(독립이 돼서 간대.)

철이   <ruby>도끄리쯧데?<rt>独立って</rt></ruby>(독립이 뭔데?)

숙이   <ruby>가이호?<rt>解放</rt></ruby>(해방?)

철이   <ruby>가이호옷떼<rt>解放って</rt></ruby> <ruby>나니?<rt>なに</rt></ruby>(해방은 뭔데?)

숙이   <ruby>와따시모<rt>私も</rt></ruby> <ruby>시라나이!<rt>知らない</rt></ruby>(몰라, 나도!)

철이   <ruby>보꾸<rt>ぼく</rt></ruby> <ruby>기샤니<rt>汽車に</rt></ruby> <ruby>노리따끄나이.<rt>乗りたくない</rt></ruby> <ruby>우찌니<rt>家に</rt></ruby> <ruby>가에리따이.<rt>帰りたい</rt></ruby>(난 기차 타기 싫어. 집에 가고 싶어.)

숙이   <ruby>우치와<rt>家は</rt></ruby> <ruby>모오<rt>もう</rt></ruby> <ruby>나이요.<rt>ないよ</rt></ruby>(이젠 집 없어.)

철이   <ruby>셀로<rt>線路</rt></ruby> <ruby>꼬에따라<rt>こえたち</rt></ruby> <ruby>수구다로?<rt>すぐだろ</rt></ruby>(철길만 건너면 바로 저긴 데?)

숙이   …….

철이   <ruby>우치와<rt>家は</rt></ruby> <ruby>히로이시,<rt>広いし</rt></ruby> <ruby>앗따까끄떼<rt>暖かくて</rt></ruby> <ruby>세이께쯔다요…….<rt>清潔だよ</rt></ruby> <ruby>우치니<rt>家に</rt></ruby> <ruby>가에로오요?<rt>帰ろうよ</rt></ruby>(거긴 넓고 따뜻하고, 깨끗한 데……. 우리 잠깐 갔다 올까?)

숙이   <ruby>다메다메.<rt>だめだめ</rt></ruby>(안 돼.)

철이   <ruby>쇼넨<rt>少年</rt></ruby> <ruby>크라부,<rt>倶楽部</rt></ruby> <ruby>우치니<rt>家に</rt></ruby> <ruby>오이떼<rt>置いて</rt></ruby> <ruby>기찻타.<rt>きちゃった</rt></ruby>(소년구락부 두 고 왔단 말야.)

숙이   <ruby>가엣데모<rt>帰っても</rt></ruby> <ruby>난니모<rt>何も</rt></ruby> <ruby>노콧데<rt>残って</rt></ruby> <ruby>나이요.<rt>ないよ</rt></ruby>(가 봐야 아무것도 없을걸?)

철이   <ruby>짱또<rt>ちゃんと</rt></ruby> <ruby>가끄시떼<rt>隠して</rt></ruby> <ruby>끼딴다.<rt>来たんだ</rt></ruby> <ruby>히톳파시리<rt>一走り</rt></ruby> <ruby>잇데꼬요오요.<rt>行ってこようよ</rt></ruby> (내가 잘 숨겨 놨어. 얼른 갔다 오자.)

숙이   <ruby>다메닷데봐!<rt>だめだってば</rt></ruby> <ruby>까아상가<rt>母さんが</rt></ruby> <ruby>잇다데쇼.<rt>言ったでしょ</rt></ruby> <ruby>소또니<rt>外に</rt></ruby> <ruby>데루낫데.<rt>出るなって</rt></ruby> <ruby>니혼진노<rt>日本人の</rt></ruby> <ruby>꼬와사라와레룻데.<rt>子はさらわれるって</rt></ruby> <ruby>사라와레떼<rt>さらわれて</rt></ruby> 우리또바<ruby><rt>売り飛ば</rt></ruby>

33

사레짜은다요.(안 된다니까! 엄마 말 못 들었어? 밖
에 나가지 말라구. 일본 애들은 잡아간대. 잡아다 팔
아먹는대.)

철이 보꾸와 조센진다요?(난 조선 앤데?)

숙이 안따와 도오미떼모 니혼진요.(너 일본 놈같이 생겼
어.)

철이 숏찌꼬소!(네가 그렇지!)

숙이 와따시따찌, 조센고모 샤뱌레나이다까라!(우린 조
선말도 잘 못하잖아!)

숙이 네, 그땐 그랬어요. 사실 우리끼린 다 일본말로.

철이 아버진 조선인 학교에 보내자고 하셨지만.

숙이 어머니가 여기저기 쫓아다니며 열심히 운동한 덕분
에,

철이 우리는 일본 애들 다니는 소학교에 다니고 있었거든
요. 그런데 하루아침에 조선말을 하라니!

숙이 일본말을 쓰면 막 혼나고, 경성에…….

철이 서울.

숙이 서울에 돌아오고 나서도 한동안, 우리는 말수가 적
은 아이들이었습니다.

기차가 지나가는 소리.

삐걱이는 소리와 함께 판자문이 열린다.

명숙과 미즈코가 구제소 안으로 들어선다.

철이	기차는 소련군만 잔뜩 태워서 가고.
숙이	우리가 탈 기차는 오지 않고.
철이	피난민들은 꾸역꾸역 몰려듭니다.

명숙과 미즈코, 방 한 켠에 자리를 잡고 몸을 웅크린 채 누워 잠이 든다.
숙이와 철이, 명숙과 미즈코 곁으로 다가가 잠든 그녀들을 내려다본다.

숙이	그 여자들이 도착한 건 우리가 여기 온 지 열흘인가 지난 뒤였어요.
철이	하루를 내리 잠만 잤지요.
숙이	먼 길을 온 피난민이 다 그렇듯, 지치고 꾸지레한 몰골이었지만.
철이	뭔가 좀 달랐어요.
숙이	무언가⋯⋯.

미즈코가 가냘프게 잠꼬대를 한다.

미즈코	앗⋯⋯ 이땃⋯⋯ 이땃⋯⋯.(아⋯⋯ 아파⋯⋯ 아파⋯⋯.)

숙이와 철이의 엄마, 순남이 구제소 안으로 들어온다.
무언가 불만이 가득한 얼굴이다.

철이   (반가워 달려가며) 까아짱!^{母ちゃん}(엄마!)

순남   쓰읍!

철이   (움찔하며 물러서 입을 비죽인다.)

순남   누가 새로 왔어.

순남이 처녀들을 건너다보는데, 구제소 사무를 보는 최 주임
이 왜장치며 들어온다.

최 주임   아니, 제엔장맞일! 당신네들 때문에 남들까지두 내
         쫓기겠으니, 염체들 좀 채려요, 염체 좀? 글쎄, 멀쩡
         하던 벽을 이렇게 뚫어 놓구 게다가 집을 꽝꽝 때려
         부시니 어떡허잔 셈들이요? 다들 어디 갔수?

순남   그걸 내가 어찌 알아요. 다들 먹구살겠다구 이리 뛰
         구 저리 뛰겠지.

최 주임   도대체 저기 판자는 누가 뜯어 땐 거요? 나중에 오
         는 사람들은 한뎃잠을 자두 상관없다는 건가? 하여
         간 지 멋대루들이지. 잠깐 있다 간다구, 쓰레기는 아
         무 데나 내다 버리구, 뒤에 일은 아랑곳을 않구, 당장
         저 좋을 대루만 하면 그만이야! 사람들 질이 말야,
         응? 왜정 때보담두 외려 떨어져! 이러자구들 독립을
         하구 해방을 했나? 거 먹은 것들두 변변찮으면서, 똥
         은 어찌나 천지 사방에 내깔려 놓는지!

순남   (듣다 못해) 아니, 측간을 맨들어 주구나 그런 말을
         허세요. 먹어야 살고, 먹으면 싸는 걸, 어쩌란 말이

우!

최 주임 지금 나한테, 썽을 내는 거요?

순남 썽을 내긴 누가…… 답답하니 그러죠. 조를 짜서 돌 아가며 치워 봤지만 어디 소용 있어요? 사람들이 무 더기니, 똥두 무더기루 쏟아지는걸.

최 주임 하여간 조선 것들은 안 돼. 거 역전 마당에 일본 사 람들 못 봤수? 사내는 하나 없구, 맨 노인네들, 애들, 여자들만 오도 가도 못허고 굼실굼실 남어서, 피죽 두 못 얻어먹구 비실비실 산송장이 돼 가지구서두, 아침마다 역전 마당 소제허는 건 그 사람들뿐야. 그 러구는 비실비실 또 제 새끼들, 노인네들 묻은 데 가 서, 어디서 꺾었는지 꽃을 올리구, 합장을 하구 섰는 걸 보믄, 참 웬수는 웬수래두 본받을 점은 있다, 딱 허고, 도와주고 싶은 마음이 절루 들구 그러거든.

순남 그렇게 딱허믄 좀 도와주지 그래요?

최 주임 가끔 도와주지. (느물거리며) 걔들은 자존심이 있어 서, 강냉이 하나두 그냥 달라구는 안 해, 응. 그래두 염치를 알지. 꼭 값을 치르거든.

순남 애들두 있는데, 뭔 소리를 하는 거야, 이 사람 이……!

최 주임 (잠들어 있는 명숙과 미즈코를 발견하고) 이건 또 뭐야?

순남 들어와 보니 있네요.

최 주임 사무소에 신고는 했나?

순남 그걸 내가 어떻게 알아요.

최 주임   어이, 어이! (여자들을 흔들어 깨워 보지만, 여자들은 꿈
         쩍도 않는다. 숙이와 철이에게) 이따 일어나면 사무소로
         오라구 해라, 알았지?

         숙이와 철이, 고개를 끄덕인다.

최 주임   어른이 말하면 네, 하구 대답을 해야지. (나가며) 하
         여간 조선 것들은 아직두 멀었어! 남이 일본 이기는
         운 덤에, 남의 불에 게 잡는 셈으루 독립을 해 노니,
         정신들 못 채리구, 제엔장맞일!

         최 주임, 투덜거리며 나간다.

순남   체, 저는 무슨 조선 놈 아닌가…….
숙이   엄마, 영호 오빠랑 영자 언니 간 거야?
순남   여관 갔어.
철이   우리도 여관 가자.
순남   돈이 어덨어.
철이   돈 있잖아.
순남   있어두 애껴야지. 서울까지 가자면 무슨 일이 있을
         지 모르는데.
철이   근데 영호 형은 어떻게 간 거야?
순남   영자가 많이 아퍼서 헐 수 없이 잠깐 간 거야.
철이   나도 아픈데. (일부러 기침을 하다가 순남한테 꿀밤을 얻

어맞는다.)

숙이   (여자들을 가리키며) 저기 영호 오빠네 자린데, 어떡
해?

순남   넌 오지랖두 넓다. 알아서들 하겠지.

철이   그럼 집에 가. (순남한테 꿀밤을 얻어맞는다. 씩씩거리며)
언제까지 여기 있어!

순남   기차가 와야지.

순남의 남편, 원창이 책보를 들고 들어온다.

순남   벌써 오우?

원창, 말없이 책보를 내려놓고 앉는다.

순남   나갔던 일은 어떻게 됐우?

원창   ……

순남   허긴, 잘됐으면 이리 일찍 올 리가 없지.

원창   그만해. (딴청을 하느라 명숙과 미즈코 쪽을 보며) 영자가
왔나?

순남   아니.

원창   누구야?

순남   새로 왔나 봐요. 강습회엔 몇 명이나 왔어요?

원창   한 명도 안 왔어.

순남   애초에 한글 강습회라니……

원창	그만하라니까.
순남	다들 입에 풀칠하기 바쁜 판에, 한글은 무슨……. 게다가 기차만 무난히 통하기 시작하믄 다들 조선으로 떠날 사람들인데.
원창	사람이 밥만 먹구 사나? 제 민족 글두 모르구서야 어디…….

숙이와 철이, 주눅이 들어 비실비실 고개를 돌린다.
원창, 그 모양을 보며 입맛이 쓰다.

원창	에이! (바닥에 모로 돌아누워 버린다.)
순남	뜻이야 좋지만…….
원창	안 해. 때려치웠다구. 됐나?

사이.

순남	저기…… 숙이 아버지. 그러지 말구…… 우리두 떡장살 시작헙시다.
원창	…….
순남	지금 돈을 벌자면 떡장사밖에 자미나는 일이 없대요.
원창	…….
순남	하루에 삼사백 원씩이나 남는다는군요, 글쎄.
원창	…….

순남	정 선생네 좀 보구려. 그이들이라구 체면이 없겠우? 그래두 떡장살 시작해서 먹구 입구 하는 문제는커녕, 이젠 한 밑천씩 잡었다구, 저렇게들 자미가 나는데…… 우리같이 체면만 차리다가는 굶어 죽기 똑 알맞어요.
원창	그 돈이 어디 하늘에서 뚝 떨어지나? 다 불쌍한 피난민들 등친 돈이지.
순남	그렇게만 생각헐 것은 아니죠. 서로 필요한 걸 주고 받고…….
원창	마뜩잖어. 다 고만둬!
순남	오늘 저녁거리는 어떡헐 테요?
원창	누가 한 끼래두 굶길까 봐 이러나, 왜 이래?
순남	에그 큰 소리는…… 단돈 1원이 없어서 두부 한 모 못 사고 맨밥 먹이는 것두 하루 이틀이지. 누가 술장사를 하겠다는 것두 아니구.
원창	아예 나가서 술장사를 하지 그래?
순남	챙피허다구만 마시구, 애들을 생각해 봐요. 얼굴은 누렇게 떠서…… 철이 쟤가 오죽하면…….
원창	철이가 뭐?
순남	그 왜 역전에서 사람들한테 물 떠다 주구 돈 받는 애들 있잖우, 요만한 한 고뿌에 50전씩을 받는다는데, 어제 끝순이가 역전을 지나가다가, 어쩨 아는 애 같다 해서 돌아보니까, 철이가 글쎄, 물고뿌를 들고 이리 뛰고 저리 뛰더란 거예요. 그 애들 꼬붕 노릇을

하구 있는 걸, 끝순이가 끌고 왔군요.

원창　철이 너, 이리 와! 너 이놈의 자식. 네가 거지냐? 애
비에미 없는 고아야?

철이　아뇨.

원창　근데 왜 그랬어!

철이　돈 벌라구.

원창　엄마가 밥을 굶기던? 강조팝이래두 매일 두 끼니씩
은 먹잖냐. 돈 벌어서 뭐 하려고, 뭐 사 먹으려고?

철이　아뇨.

원창　그럼?

철이　여관 가려고.

원창　……한 번만 더 그랬단 봐라. 알았어?

철이　이에.

원창　이 녀석 봐라.

철이　예! 라고 한 거예요.

원창　(어이가 없어 실실 웃음이 나는 걸 참으며) 그래 꼬붕 노릇
해서 얼마나 벌었냐?

철이　못 받았어요. 한 고뿌 팔면 5전씩 준댔는데. 끝순이
가 끌고 와서.

순남　끝순이가 뭐야! 끝순이 아줌마지. (한숨) 당장 먹는
것두 먹는 거지만, 우리두 먼 길 가자면 도중에 무슨
일이 있을지 모르고, 또 노자라두 좀 마련해 두어야
하고…….

원창　자네가 장사를 다니면 애들은 어떡허구? 안 그래두

42

저 지경인데.

순남   당신이 좀 보면…….

원창   내가?

순남   강습회도 그만뒀구, 딱히 할 일도 없잖우.

원창   내가 할 일이 왜 없어!

순남 입을 비죽이는데,

밖에서 누군가 원창을 부른다.

훈   (소리) 구 선생 집에 있나?

훈이 문을 열고 들어온다.

훈   아주머님도 계셨네요.

순남   네, 어서 오세요.

숙이와 철이도 훈에게 꾸벅 인사를 한다.

원창   안녕하세요, 해야지.

숙이/철이   안녕하세요.

훈   (숙이와 철이의 머리를 쓸어 주며) 그래. (주머니에서 종이
에 싼 것을 숙이에게 준다.) 자, 인절미다. 노나 먹어라.

순남   아유, 뭐 이런 걸 다. 그 집 먹기두 바쁠 텐데.

훈   우리야 두 내외뿐인데요. 애들이 고생이지.

순남   (종이를 펴고 떡을 집어 입에 넣으려는 아이들을 보고) 고
          맙습니다, 해야지.

숙이/철이 고맙습니다.

순남   (한숨을 내쉬며) 말씀들 나누세요.

          순남, 아이들을 데리고 밖으로 나간다.

원창   한글 강습회구 나발이구, 되지도 않을 일에 공연히
          부산만 피웠네그려.

훈   우리가 너무 우리 생각만 앞세운 거 같어.

원창   강습회 계획한 게 잘못이란 말인가?

훈   잘못은 아니지. 허지만 일반 사람들 마음에 우리가
          너무 어두웠던 것두 사실 아니냔 말이지.

원창   일반 사람들이야 그렇다 쳐도, 민단 직원이나 청년
          단체 것들은 올 줄 알았네. 그래도 이 장춘시에서 조
          선 사람들을 대표한다는, 대한 민단이니 청년 단체
          에서 내다 붙이는 광고문, 선전문 꼴을 좀 보라구. 철
          자는 뒤죽박죽! '에'하고 '의'도 제대로 구별을 못하
          니, 원, 챙피해서!

훈   허긴…… 한글 강습회야 실패했다 쳐두, 민단이 문제
          는 문제야.

원창   민단이 뭐 하라는 민단이야? 수만 동포들이 허덕이
          구 있는데, 그저 제 잇속만 채우라는 민단이지! 그것
          들이 마차루 거리를 달리구, 술, 계집을 마음대루 끼

구 놀 수 있게, 보장해 주는 민단이야! 허긴 거기 위원장이니, 사무장이니, 과장이니 하는 것들은 죄다 얼마 전까지 '협화회(協和會)', 만주국 관리질을 해 온 놈들이니! 에이!

훈   …….

원창   내일은 민단에 가서 간부들을 만나야겠어. 한바탕 대거리라두 해야 속이 풀릴 것 같아.

훈   시비를 가리는 것두 중요하지만, 너무 과격하게 나가진 말구. 시비를 따지자면 뭐, 우리두…….

원창   무슨 소리야?

훈   만주국 관리나 만주국 소학교 훈도나, 사람들 뵈기엔 초록은 동색이요, 가재는 게 편이라는 셈으루…….

원창   아니, 그게 어찌 같아? 교육이라는 건 말야, 그런 세속적이구 정치적인 문제허구는…… (스스로 말문이 막힌다.) 그러구 우린 어디까지나 조선인 소학교에서…… (이번에도 훈의 눈길을 느끼고) 그래, 뭐, 일본인 소학교에서는 받아 주지두 않았으니까…….

훈   내 자네하구 이물 없는 사이니까 하는 말이네만…… 자네 아이들이 일본인 소학교에 다니구, 아주머니가 일본 여자들하구 가깝게 지낸 건 민단 사람들두 다 알잖느냐 말야.

원창   나는 반대했어! 반대했는데두 그 소견머리 좁은 여편네가!

훈	알지. 자네를 비난하자는 게 아니라, 사정이 이러니, 분풀이한다구 건드렸다가 괜히 덤터기나 쓸까 봐 걱정돼서 하는 말이야.
원창	제엔장맞일…….
훈	……내가 좀 있다 민단 강 과장을 만나기로 했거든?
원창	강 과장?
훈	응.
원창	왜?
훈	그게. 마누라 등쌀에 견딜 수가 있어야지……. 아무래두 떡장사라두 해야 할까 보아.
원창	떡장사?
훈	별수 있나.
원창	이건 쇵일 떡 타령이군.
훈	돈을 돌리자면 강 과장뿐인데…… 선선히 오라더군. 자네 얘기두 해 두었어.
원창	거 시키지두 않은 일을!
훈	같이 가지?
원창	해필이면 강 과장 그놈이야.
훈	이 시국에 흠 없는 사람 있나?
원창	에에이!
훈	(원창을 붙잡아 일으키며) 자네 사정이야 뻔하잖나.
원창	(마지못해 일어서며) 에에이!
훈	꼭 떡장사를 안 해두 돈은 필요하고. 가세 가. 응?
원창	에에이!

원창, 훈에게 이끌려 마지못해 문밖으로 나간다.

문밖에서 누군가 밀치고 당기며 숨죽인 목소리로 실랑이한다.

3

여자   (소리) 아유, 왜 이래.

남자   (소리) 들어와, 들어와.

여자   (소리) 이거 놔. 밝은 대낮부터⋯⋯.

남자   (소리) 대낮이니까 좋지, 사람 없구.

여자   (소리) 정말 사람 없어?

남자   (소리) 낮엔 다 나가구 없다니까.

여자   (소리) 아유, 정말⋯⋯.

문이 열리고 장 씨가 선녀를 끌어안다시피 해서 끌고 들어
온다.
마음이 급한 장 씨, 곧바로 선녀를 바닥에 누이고 서두른다.

선녀   저, 저기 누가 있는데?

장 씨, 반쯤 바지를 내린 채 엉금엉금 기어가 확인하고

장 씨   자네, 자. (다시 선녀에게 달려든다.)

선녀   (장 씨를 밀어내며) 아유, 싫어.

장 씨   그럼 여관 가?

선녀   돈이 얼만데.

장 씨	아이고, 우리 마누라 알뜰하네.
선녀	마누라? 언제 만나 놓구?
장 씨	초야까지 치렀는디. 그럼 마누라지 뭐야?
선녀	술김에 한번 그런걸. 두구 봐야지.
장 씨	그러니까 지금 다시 보자는 거 아냐.
선녀	아유, 참!
장 씨	뭐, 우리가 못할 짓 하나? 얼른 할게, 얼른.
선녀	뭐, 토끼야?
장 씨	토끼? (다가들며) 어젯밤, 응? 여관서, 응? 겪어 보구 두? 응?
선녀	아유, 몰라!
장 씨	토끼? (달려든다.)
선녀	(장 씨를 안고) 깨면 어떡해?
장 씨	자네만, 조용하면, 돼.
선녀	어떻게! 아우!
장 씨	염치가, 있으문, 모른 척, 하겠지!

장 씨와 선녀, 숨죽인 채, 거친 숨을 몰아쉬며 일을 치르는데, 마침 끝순이가 들어서다 보고 기겁하여 나간다.

| 만철 | (소리) 뭐야, 왜? |

만철, 문을 열더니 바로 닫고 나간다.

선녀가 장 씨를 밀쳐내려 하는데 장 씨 깔고 누른 채 놔주지 않고 계속한다.

장 씨   (일을 계속하며 밖을 향해) 일찍들 오네?

만철   (소리) 예, 좀 일이 있어서요.

장 씨   뭔 일?

만철   (소리) 좀 있다 말씀드릴게요. 허시던 거 마저 하시
        구요.

장 씨   뭔데? 급한 일여?

만철   (소리) 급한 건 아니고요. 영자가 그예 죽었다네요.

장 씨   영자가, 죽어?

만철   (소리) 예. 장사를 치를라면 손이 필요하니, 가서 도
        와줘야죠.

장 씨   그래?

이 노인   (소리) 왜, 안에 뭔 일 있냐?

만철   (소리) 아뇨, 아버지.

장 씨, 마지막 용을 쓴다.

선녀, 이를 악물고 장 씨를 밀어낸다.

허겁지겁 옷을 추스르고 일어서는 두 사람.

어수선한 통에 잠이 깨었던 두 여자, 못 일어나고 있다가

그제야 잠이 깬 척, 부스럭거리며 일어난다.

선녀, 외면한다.

장 씨, 문 쪽으로 가 문을 연다.

장 씨   참, 그예 죽었구만!

만철과 끝순, 이 노인, 기웃이 들어온다.

이 노인   거 폐병이 사람 말리는 병이라…… 쯧쯧.

끝순   (괜히 혼자 중얼거리며) 맨몸으루 묻을 순 없구, 누더기
지만 이불 홑청이라두 싸서 묻어야지. (보따리에서 천
을 찾아 꺼낸다.) 그나저나 못 뵈던 분들이 많네?

장 씨   어허, 우리 마누라요. 인사드려. 웅.

선녀   안녕들 하세요. 박선녀라구 합니다.

이 노인   안사람?

장 씨   예, 어르신. 그렇게 됐어요, 어허허.

이 노인   어젯밤에 안 들어오길래 어디 갔나 했더니, 장가 드
느라 그랬구먼?

장 씨   어허허, 그런 셈이죠. 어제 선술집서 만냈는데, 한 잔
두 잔 권커니 받거니 얘기허다 보니께, 뭐 서럽고 고
달픈 신세는 서루 매일반이구, 저나 나나 알 거 다 알
고, 거칠 것 없는 홀애비, 홀엄씨구, 술도 꼴딱꼴딱
잘 마시구 화통헌 게 요것 봐라 싶기두 허구, 이것두
인연이다 싶어 그냥 맺어 부렀어요. 웅! 어허허!

이 노인   그쪽 처녀들은?

명숙   예. 새로 왔어요, 잘 부탁드립니다. 저는…….

장 씨   수인사는 나중에 자세히 허고요, 이러고 있을 때가
아니지. (만철에게) 날 밝을 때 광(壙)을 파자면 서둘

	러 가세.
만철	(장 씨와 함께 나가며) 곡괭이허구 삽은 빌려 놨어요.
끝순	(천을 들고 따라 나가며) 아버님은 그냥 여기 계세요.
이 노인	아니, 나도 가자.
만철	뭐 좋은 일이라구.
이 노인	그러니까 가 봐야지.

장 씨와 만철, 이 노인, 끝순, 문 밖으로 나간다.

만철	(소리) 괜찮으시겠어요?
장 씨	(소리) 뭐가? 이 사람이!

사람들 소리 멀어진다.
정적.
두 여자와 선녀 사이에 이상한 긴장이 흐른다.
명숙과 미즈코는 선녀의 이름을 들었을 때부터, 선녀는 명숙
의 목소리를 들었을 때부터, 이미 서로를 알아채고 있었다.

선녀	(피식 웃으며) 스즈란, 미즈코, 오랜만이야. 용케들 여기까지 왔네.
명숙	겨우 여기까지밖에 못 왔니? 우릴 사지에다 팽개치구, 느이들만 살겠다구 내빼더니!
선녀	그렇게 됐네.
명숙	다들 어디로 갔는지도 몰라. 죽었는지, 살았는

지……. 서른 명 중에 겨우 열 명이 도망 나왔어…….
나하고 미즈코, 둘 남았어. 그렇게 부려 먹더니, 헌신
짝처럼 버리구 가?

선녀　　각자도생하는 거지, 그럼 도망을 떼루 하니?

명숙, 달려들어 선녀의 멱살을 잡고 올라탄다.

선녀　　이런 쌍년이!

명숙, 선녀의 목에 칼을 들이댄다.
숨을 몰아쉬는 두 여인.

명숙　　그 새끼 어디 있어?

선녀　　누구?

명숙　　가네다, 주인 새끼, 니 서방 김가 놈.

선녀　　서방? 몰라. 그런 새끼.

명숙　　몰라?

선녀　　할빈까지는 같이 나왔는데, 그 뒤론 몰라.

명숙　　거짓말하지 마!

선녀　　일본 장교들이 타는 기차를 타고 갔어. 날 버리구 저
　　　　혼자! 지금쯤 서울에 있을걸. 서방? 흥, 서방 같은 소
　　　　리 하구 있네!

명숙　　너 같은 거!

선녀　　왜 찌르게?

미즈코가 명숙을 말린다.

미즈코   다메, 야메떼!(안 돼, 안 돼!)

명숙   왜 안 돼!

선녀가 있는 힘을 다해 명숙을 밀쳐 낸다.

선녀   어우, 피나네…… 하 참, 세상이 바뀌긴 바뀌었구나. 너 같은 년이 감히 나한테. 허!

미즈코, 돌아서서 헛구역질을 한다.
그 모양을 본 선녀, 알겠다는 듯 한참 배를 잡고 웃는다.

선녀   참, 지랄두 가지가지루 한다.

명숙   다 말해 버릴 거야, 전부 다! 네년이 어떤 년인지, 우리한테 무슨 짓을 했는지!

선녀   흥, 내가 죽으면 나 혼자 죽겠니? 내가 위안소 포주였던 걸 사람들이 알게 되면, 느이들은 내가 데리고 있던 것들이고, 저건 일본 년이라는 것두 알게 될 테지. 뭐, 기어이 끝장을 보자면 못 볼 것두 없지만, 피곤하게 그럴 것 있냐? 말하자믄 서루 불알을 맞잡은 셈인데. 거 좋게좋게 힘 빼구, 입 꾹 다물구, 응? 모른 체 조용히 가자, 얘들아. 에이, 재수가 없으려니! 겨우겨우 구워삶아 놈팽이 하나 꿰찼더니…… 까짓거

나 하나야 어디루 튀어두 그만이지만, 느이들은 그
렇지 않잖니?

사이.

명숙   압록강만 건너가 봐. 넌 내 손에 죽어.
선녀   아이구, 무서워라! (미즈코를 건너다보며) 그나저나 알
          다가두 모르겠다. 저건 왜 달구 다니는 거야? 요즘
          같은 때, 일본 년을, 그것두 애까지 밴 년을.
명숙   너 같은 년이 무얼 알겠어.

숙이와 철이가 구제소 안으로 들어온다.

선녀   아이구, 우리 서방님은 어디루 가셨나. 얘, 어른들 어
          디루 가셨니? 무덤 말이야.
철이   저기.
선녀   저기 어디?
숙이   기차역 건너편에 언덕요.

선녀, 콧노래를 흥얼거리며 나가다 뒤돌아서서.

선녀   처녀들두 같이 가지? 큰일 치르는데 거들구 인사도
          디리구?

나가는 선녀의 뒷통수를 잠시 노려보던 명숙, 빤히 쳐다보는 숙이와 철이의 눈길을 느끼고, 애써 아이들을 향해 웃어 보인 뒤, 미즈코를 이끌고 구제소 밖으로 나간다.

4

숙이	그 언덕에는 언제나 사람이 많았습니다.
철이	사람들이 웅성거리고
숙이	울음소리가 들려오고
철이	그 소리가 잦아들고 사람들이 돌아간 자리에는
숙이	무덤이 하나씩 생겨났습니다.
철이	차가운 광(壙) 아래
숙이	가마니 한 장을 깔고
철이	입던 옷 그대로
숙이	이불 홑청으로 감싸고 새끼줄로 염을 해서
철이	사람들은 영자 누나를 그 언덕에 묻었습니다.
숙이	영호 오빠는 언젠가 다시 찾아오마고
철이	커다란 돌 하나를 굴려와
숙이	동생 무덤 발치에 묻었습니다.

장례를 마친 사람들이 돌아온다.

모두들 무거운 얼굴이다.

영호, 원창, 순남, 숙이, 철이, 이 노인, 만철, 끝순, 장 씨, 선
녀, 명숙, 미즈코, 구제소 안에 빼곡히 자리 잡고 앉는다.

잠시 아무도 말이 없다.

명숙이 술병 하나와 잔 하나를 들고 쭈뼛쭈뼛 일어난다.

명숙, 이 노인에게 한 잔 따라 준다.

이 노인   부좃술인가? 왜 처녀들이?

명숙   아무나 하면 어때요. 새루 왔으니 인사 턱이기두 하구.

이 노인   응. 탁주두 아니구 배갈이네. 비싼 걸.

명숙   드세요.

이 노인   하여튼 고마운 일이네, 고마운 일여.

이 노인이 마시고 명숙, 잔을 원창에게 건넨다.
원창, 명숙에게서 술병과 잔을 건네받아 한 잔 따라 마시고 장 씨에게 건넨다.
술병과 잔이 이 손에서 저 손으로 건네진다.

이 노인   (영호의 어깨를 토닥이며) 너무 실심 말구 맘을 굳게 먹어야지. 지금이야 도리 없이 이러구 가지마는, 나중에야 좋은 시절 안 오겠나……. 자네 말대루 그때 다시 와서, 잘 거두어다 고향 땅에 묻어 주자면은…… 아믄, 자네가 살아야지…….

이 노인, 말을 못 맺고 그만 제 설움에 눈물이 터진다.
영호, 자리를 박차고 일어나 밖으로 나간다.

원창   어이, 영호…….

순남	놔둬요.
만철	아이고, 아부지까지 왜 그래요!
끝순	이이가 꼭 다시 와서 어머니 모셔 간대잖어요.
이 노인	그래, 그래……. 내가 없더래두 너는 부디 잊지 말구……. 이 차거운 호지(胡地)에 네 어미를 묻구 내가…….
끝순	그만 우세요, 아버님. 가뜩이나 기력두 없으신데.
순남	(한숨을 내쉬며) 네에, 아니할 말이지만, 그래두 거두어 모신 게 어딥니까.
선녀	그럼요. 이번 만인들 폭동에 일가족이 몰살을 당해서, 거둘 이두 없는 주검이 널렸다는데.
장 씨	(만철에게) 어머님은 어쩌다가?
만철	병환으루요.
이 노인	다 못 먹구 고생해서 그렇지. 잘만 먹었으면 나을 병인데. 참 기맥힌 노릇이야.
장 씨	기맥히기는 참 그 집두 기맥힙디다.
끝순	무슨 말씀이우?
장 씨	영자 묻을 때 건너편에 아주머니 묻던 집 있었잖아. 거기다 대면 영자는 아니할 말루 곱게 죽은 거지, 거기다 대면 호상이야.
순남	처녀가 시집두 못 가구 죽었는데 호상은 무슨?
장 씨	그 집 말 들으면 호상이란 말이 절루 나온다니까. 참, 그놈의 소반 하나 때문에…….
순남	소반요?

장 씨   여기 장춘서 한 시오 리나 들어간 촌에서 살던 이들 인데요, 그 죽은 아주먼네가 변변한 소반 하나 없이 지내다가, 작년 가실에 큰 맘 먹고 소나무 소반을 하나 장만했다는 거야. 글쎄, 그걸 피난길에 들고 나서겠다는 걸, 아저씨가 짐스럽다고 야단을 쳐서 헐 수 없이 두고 왔는데, 이제 역전에 나와서 땅바닥에다 밥을 먹으니까, 그 소나무 소반이 영 섭섭한 거라. 낮빛이 안 좋으니깐, 아저씨가 "어차피 기차는 언제 올지 몰라 기약 없이 기대리는 판이구, 시오 리 길백이 안 되니, 도로 가서 가져다주마." 했대요. 그랬는 걸 글쎄, 이 아주먼네가, 아저씨 맘 바뀔까 봐, 제가 얼른 가서 가져오리라, 말도 않구 새벽같이 길을 나섰던 모양이야.

순남   새벽에? 아이구…….

장 씨   암만 기대려두 안 오니까, 아저씨가 찾아 나섰는데, 글쎄 살던 집까지 채 가지두 못허구, 길가 비탈 아래 사람들이 웅성웅성해서 가 보니, 아주먼네가 네 활개를 던지고 누웠더라는군요. 세상에, 실오라기 하나 없이…….

끝순   세상에!

이 노인   되놈들 짓이지. 갈 데 없어. 그놈들은 으레 사람을 궂히거나 여자를 겁탈하구 나서는, 옷을 벳겨 간다구 안 해.

장 씨   아주머니 잇새에서 뭐가 뚝 떨어져 보니, 그게 물어

뗀 사람 귓부린데, 땟국이 새까만 걸 봐두, 만인들 짓이 틀림없다 이거지.

끝순 그래서요?

선녀 그래서는 뭐, 만인들 짓인 게 확실해두 누군 줄 알며, 알기로서니, 가뜩이나 사방에서 만인들이 들고 일어나 조선 사람 못 잡아먹어 안달인데, 시비를 가리자구 대들어 봐. 자는 호랑이 코침 주기백이 더 돼?*

원창 죽일 놈들.

이 노인 왜놈들이 그렇게 들볶더니 이제는 되놈들이.

끝순 글쎄, 우리 조선 사람이 무슨 죄가 있다고.

원창 만인들은 일본 사람이나 조선 사람이나 한가지로 보니까. 일본 등에 붙어 자기네를 괴롭혔다 이거지.

장 씨 영자는 그래두 그런 험한 꼴은 안 보고 죽었으니. 그러니 내가…….

마침 영호가 흐느낌을 추스르고 돌아온다.

이 노인 고생고생 일군 땅 뺏기구, 집 뺏기구, 세간 떨리구, 목숨 상허구……. 허, 해방…… 그놈의 해방 값 참 비싸다……!

* 이 아주머니에 대한 사연은 채만식의 소설 「소년은 자란다」에서 차용, 변형한 것이다.

사이.

명숙, 영호에게 술을 따라 건넨다.

영호, 말없이 받아 마신다.

장 씨   (명숙과 미즈코에게) 처녀들은 어디서 오는 길여?

명숙   치치하얼에서요.

장 씨   멀리서 오네.

명숙   (일어서 미즈코와 함께 인사하며) 저는 명숙이구요, 얘는
       제 동생 미숙이에요.

선녀   미숙이, 웅.

명숙   (못 들은 체, 미즈코와 함께 인사하여) 잘 부탁드립니다.
       얘가 말을 못해요. 어렸을 때 되게 열병을 앓구 나서
       부터는.

선녀   세상에! 불쌍해라! 저렇게 이쁘게 생긴 처녀가!

명숙   울 어머니가 달도 못 채우구, 우리 미숙이를 낳다 돌
       아가셨거든요. 그게 어디 애 잘못이에요? 아버지는
       괜히 애를 미워라 하구, 언제 죽을지 모른다구, 아예
       민적에두 올리질 않았던 걸, 이번 피난 나오면서야
       알았군요. "내가 언니다. 얘를 두고 나 혼자는 못 간
       다." 아무리 사정을 해두 증명서를 내줘야죠. 할빈에
       서는 용케 몰래 기차를 탔는데, 도중에 표 검사하다
       가 그예 기차에서 떨려났지 뭐예요. 거기서부터 걸어
       왔어요.

선녀   세상에! 그랬군!

만철	원, 사람이 번히 있는데, 민적에 없다고 없는 사람 취급하는 게 말이 되나.
명숙	참 큰일예요. 일단 오긴 왔는데, 증명서가 없으니. 애가 몸이 약하거든요.

미즈코, 더 이상 참지 못하고 헛구역질을 한다.
명숙, 잠시 당황하나 이내 마음을 고쳐먹고 한숨을 내쉬며.

명숙	약한 데다, 그래요, 애까지 배 놔서.
순남	애 아빠는?
명숙	죽었어요. 학도병 끌려온 부산 총각인데, 어디서 어떻게 눈이 맞았던지. 에휴 철딱서니 없는 것이. 주소도 없이 이름 석 자 달랑 들고, 부산 가서 어떻게 그 집을 찾는다구…….
끝순	세상에!
선녀	맙시사!
명숙	내가 아주 열녀 났다 그랬어요. 그놈의 씨 딱 떨어지지두 않구.
이 노인	그런 말 말게. 그 집에서는 그 애가 하나 남은 핏줄일지 누가 아나.
순남	홀몸도 아닌데 어쩌나. 기차를 타야 할 텐데.
이 노인	(다시 돌아온 잔을 받아 들고) 어따 그 술 무겁다.
끝순	너무 취하신 거 아녜요?
이 노인	한 잔은 초상술이요. 한 잔은 혼례주라…….

이 노인, 취기에 흥이 올라 노래하기 시작한다.

남인수의 「울리는 만주선」(1938)

장 씨   허허, 취하셨네, 취하셨어!

구제소 안의 사람들, 이 노인의 노래에 하나 둘 가담한다.

사람들, 서로 어울려 노래하고 춤춘다.

구제소 쪽이 천천히 어두워진다.

5

숙이	날이 저물고 또 해가 뜨고
철이	낮에도 밤에도
숙이	피난민들은 꾸역꾸역 몰려옵니다.
철이	기차는 좀처럼 차례가 오지 않고
숙이	거리엔 쓰레기가 쌓이고
철이	똥 무더기가 쌓이고
숙이	언덕엔 무덤이 늘어가고
철이	역전 마당에 일본 사람들은
숙이	아침이면 마당을 비질하고
철이	떨어진 낙엽처럼
숙이	고개를 푹 숙인 채 흐느적거리다가
철이	사람들이 쳐다보기라도 하면
숙이	바람에 뒤채는 낙엽처럼
철이	흠칫흠칫 놀라고
숙이	그중에는 내가 아는, 유코, 사치코, 노리코…….
철이	이치로, 사부로, 히데끼…….
숙이	가끔은 눈이 마주치기도 하지만
철이	이름을 부르지는 못합니다.
숙이	그 사람들은 벌을 받는 중이라는데
철이	이치로가, 사부로가, 히데끼가

숙이	유코, 사치코, 노리코가 무슨 벌 받을 짓을 했을
	까…… .
철이	아무리 생각해도 모르겠어서
숙이	왠지 무서워졌습니다.
철이	어느 날부터는 보이지 않게 되어서
숙이	왠지…… 차라리 마음이 놓였습니다.
철이	가을이 깊어 가고,
숙이	어느 날 아침 일어나 보면 바람에 낙엽이 쓸려 간 자
	리처럼 역전 마당이 텅 비어 있고
철이	또 새로운 아이들과 여자들과 노인들이 찾아와
숙이	고개를 푹 숙인 채, 아침이면 역전 마당을 쓸었습
	니다.

숙이와 철이의 대사 첫 부분부터, 구제소 쪽에서는 잠들었던
이들이 굼실굼실 일어나, 피난지에서의 하루를 시작하기 위
해 흩어져 간다.

이윽고 새벽의 푸른 빛 속에서 거리(앞 무대) 위로 한 무리의
일본 여자와 아이, 노인들이 유령과 같은 모습으로 비질을 하
며 지나간다.

맞은편에서 걸어오던 명숙과 미즈코가 그들 일행과 마주친다.

미즈코, 한 걸음 물러나 차마 마주 보지는 못하고, 고개를 숙
인 채 멈춰 서서 그들이 지나가기를 기다린다.

명숙도 몇 번 미즈코를 잡아끌어 보다가 할 수 없이 그 곁에
선다.

뒤처져 가던 일본 아이 하나가 문득 멈추어 미즈코를 물끄러미 바라본다.

사이.

아이는 어른들을 뒤따라 멀어져 가고, 미즈코, 잠시 휘청거린다.

명숙이 미즈코를 이끌고 걸어 나간다.

어두워진다.

6

밝아지면 저녁.

열려 있는 구제소 문으로 만주의 붉은 노을이 밀려든다.

노을을 등지고 문가에서 간이 화덕에 밥을 짓고 있는 끝순과
미즈코, 명숙이 보인다.

순남은 문간에 기대어 서서 저무는 노을을 바라본다.

순남   에휴…….

끝순   너무 걱정 마세요. 다들 같이 갔으니까.

순남   어떻게 걱정이 안 돼. 우리 숙이 아버진 평생 책상물
       림에, 손에 흙 한번 묻혀 본 적이 없는 골샌님인걸.
       겨우 이틀쨌는데 벌써…….

끝순   하긴 밤에 주무실 때 끙끙 앓으시더라.

순남   속상해서.

끝순   아저씬 민단에 아는 사람두 있지 않아요?

순남   내 말이. 강 과장한테 말 한마디만 하면 빼 줄 것을,
       그 잘난 자존심 땜에 사서 생고생을 하네. 다 같이
       고생하는데 혼자만 빠지기 미안허다나. 참 내, 사람
       마다 구실이 다르구 제각각 할 일이 따로 있는 거지.
       끙끙 앓지나 말든가.

끝순   그래두 잠깐이니까.

순남	잠깐이 뭐야? 스무 날은 더 뜯어내야 끝이 날 거래 는데.
끝순	우리 그이는 철도 놓는 데 끌려가서 6개월 만에 돌 아온 적두 있는걸요. 아유, 그때 시아버지하고 나하 고 농사짓느라 고생한 걸 생각하면…… .
명숙	(순남에게) 아무튼 그 공장만 다 뜯어서 실어 주면, 세상없어두 기차를 내주기로, 소련군 쪽하고 민단하 구 합의가 된 거래죠?
순남	그렇대네.
끝순	세상에 공짜가 없네요.
명숙	왜 없어. 뺏기는 건 꽁으루 뺏기잖아.
끝순	독립되구 이젠 징용도 끝인가 했더니.
명숙	기찻삯 내는 셈이지, 뭐.
끝순	이젠 서리두 치구 슬슬 추워지는데, 아직도 스무 날…… 아유, 그 일본 놈들은 무슨 공장을 그렇게 크 게 지어 놨대?
순남	아유, 저러다 병이라두 나면…… .
끝순	병이 나면 술 때문일걸요? 그냥 부려 먹는 건 아니 구, 밥이라두 사 먹으라구 다만 몇 푼씩이라두 주는 모양인데. 그걸루 오는 길에 선술집에서 다 마시구. 엊저녁두 다들 거나해서 오잖았어요.
순남	힘드니까. 답답허니 술이라두 마셔야 속이 풀리는 모양이지.
끝순	그거 다 장 씨가 바람을 잡어서 그래요! 우리 그인

술 입에두 안 대던 사람인데. 아유, 그렇게들 철딱서
니가 없을까? 그거 뫼서 반찬거리라두 사구 하면 좀
좋아요?

순남 사내들이 그렇지. 어리나 늙으나.

끝순 근데 이 여자는 도대체 왼종일 무얼 하구 싸돌아다
니는 거야.

순남 누구?

끝순 밤에 끙끙 앓는 사람 또 하나 있잖아요.

명숙과 끝순, 깔깔대며 웃는다.

순남과 미즈코도 슬며시 웃는다.

끝순 밤에 앓는 걸루 모자라 여관 가서 앓구 있나?

순남 장 씨두 일 갔는데 무슨.

끝순 뭐 사내가 장 씨 아저씨뿐이에요?

순남 (웃으며) 선년가 하는 그 여자, 보통내기는 아니지?

끝순 괴춤이나 신발 밑창에다 허연 것이나 숨겨 가지구
대니는 잠상꾼이나 아닌가 모르죠.

순남 허연 것?

끝순 아편 말이에요.

순남 설마.

끝순 아무리 혼자래두 짐두 너무 단출허구…….

순남 그러거나 말거나 신경 쓸 거 있어? 우리한테 해만 안
끼친다면야.

끝순   아이고, 호랑이 온다.

선녀, 콧노래를 흥얼거리며 돌아온다.

끝순   어딜 그리 싸돌아댕겨요?
선녀   응, 일이야 많지.
끝순   오늘 저녁밥 차렌 걸 잊었우?
선녀   그랬나?
명숙   법을 정했으면 지켜야지, 이게 몇 번째요?
선녀   그깟 깡조팝 한 솥 짓는 게 무슨 큰일이라구. 이게
        뭔지나 봐.

선녀, 품에서 북어 한 마리를 꺼낸다.

끝순   북어네! 이걸 어디서 구했우?
선녀   야미시죠(暗市場)에 없는 게 어디 있어. 애들두 사구
        파는데.
끝순   돈이 어디서 나서?
선녀   훔쳐 왔을까 봐?
끝순   아니, 비쌀 텐데.
선녀   우리 서방님들 고생하는데, 맨 깡조팝에 백탕만 마
        셔 가지구 되겠어? 얼른 두드려 패서 국이나 끓여.
        겨우겨우 구해 왔더니 고맙단 소린 못할망정.

끝순과 미즈코가 북어와 솥을 들고 국을 끓일 준비를 하러
간다.

순남   가만 있어 봐. 북엇국은 또 내가…… 계란은 없어두,
파가 있어야 하는데.

순남, 소매를 걷어 올리며 두 여자를 따라 나간다.

명숙   한 마리루 누구 코에다 붙이나. 재미 좋은 모양인데,
손이 그렇게 작아서야 어디.

선녀   내 손 작은 거 상관 말구, 너 혀 짧은 거나 걱정해라.

명숙   눈은 게게 풀려 가지구.

선녀   뭐 다른 낙이 있니? 왜, 너두 한 대 주랴?

명숙   여기 와서두 그 장사야?

선녀   인 백인 것들은 어디든 있고, 야미시쬬엔 없는 게 없
지. 아는 거라곤 이 바닥뿐인걸, 도리 있냐?

명숙   왜 색시 장사는 안 하구?

선녀   큰일 날 소리. 이제 서방님두 계신 몸인데.

명숙   미친년.

선녀   너 보기엔 어떻드냐, 우리 장 서방. 그만하면 괜찮
지?

명숙   그걸 왜 나한테 물어? 끼구 자 본 년이 잘 알겠지.

선녀   이게 자꾸 이년 저년! 내가 나이를 먹어두 너보다 열
살은 더 먹었는데.

명숙　늙어 빠진 게, 이 와중에두 서방질할 정신이 있던?

선녀　이 와중이니까 서방질두 해 보지. 으흐흐.

명숙　장 씨가 불쌍타. 어떻게 너 같은 년한테 걸려서.

선녀　내가 뭐 어때서?

여인들이 북어를 두드리는 소리가 들려온다.

선녀　너 나 너무 미워하지 마라.

명숙　네년이 우리한테 한 짓을 생각해 봐!

선녀　좋아서 그랬겠니? 안 그러면 내가 죽는데 어떡하니.

명숙　너만 살면 남은 죽어두 괜찮아?

선녀　넌 살아 있잖아.

명숙　죽은 애들은?

선녀　병들고 약해서 죽었지, 내가 죽였어?

명숙　네 년놈들이 죽인 거나 마찬가지야. 차라리 죽었으
　　　면 했었지. 몇 번이나…… 몇 번이나 죽을 뻔했어. 네
　　　년 때문에.

선녀　우린 다 험한 시절을 산 거야. 죽은 사람들이 어디 한
　　　둘이야? 뭐 고생은 저 혼자 다 한 것처럼 까불기는.

명숙　주둥이 닥쳐.

선녀　너두 똑같았을걸? 내 자리에 네가 있었으면. 나
　　　두 느이들처럼 팔려 왔어. 느이들보다 먼저. 오래전
　　　에…… 빚을 지구 가네다한테 매인 건 나두 마찬가
　　　지였다구. 가네다 그 새끼 독한 거야 잘 알잖아. 시키

는 대루 하는 수밖에 없었어. 누가 됐든, 어차피 해
야 하는 일이었고. 그래, 느이들 속을 나만큼 잘 아
는 사람도 없지.

명숙　그런 넌이.

선녀　나만큼 느이들을 잘 다룰 수 있는 사람두 없고. 어렵
지두 않았지. 그냥 하던 대루, 내가 당하면서 몸으루
배운 대루, 똑같이 하면 되니까…….

명숙　…….

선녀　그래 못할 짓 많이 했지. 그래서? 못할 짓을 해야 사
는 세상인데 어쩌란 말야! 그 시절에 못할 짓 안 한
놈이 어디 있어? 못할 짓 한 건 너두 마찬가지 아냐?

명숙　그게 같아? 그게 같아?

선녀　살자! 살자! 살려구 한 게 죄야? 제발, 나두 좀 살자!
응? 다 잊구, 새루 좀 살아 보자, 응?

명숙　다 잊어? 누구 맘대루? 니 맘대루?

선녀　내 목숨 내 맘대루지, 그럼 누구 맘대루야! 넌 너대
루 날 미워하려무나, 쫓아오려무나! 난 멀리멀리 도
망갈 테니까! 새 출발할 테니까! 다 잊구! 그 놈팽이
하구 배 맞추구, 수더분하게, 알콩달콩, 살 거다! 살
아 볼 거다!

선녀가 몸을 떨기 시작한다.
다급하게 허리춤 깊숙이 찬 전대에서 주사기를 꺼내 들고, 팔
뚝에 찌른다.

명숙　……웃기네…… 웃겨…… 주제에…… 약쟁이 년, 주
　　　제에…… 웃기구 있어…… 이……!

선녀　(한결 평온해져서) 조금씩만 하는 거야. 조금씩만. 힘
　　　드니까. 그래, 힘들잖아……. 너두 힘들고, 나두 힘들
　　　잖아……. 끊을 거야, 딱 끊을 거야……. 기차만 타
　　　면, 압록강만 건너가면…….

　　　끝순과 순남, 미즈코가 돌아오는 소리가 들린다.

끝순　북어라구 쬐그만 게 말라비틀어져서.

선녀　말라비틀어졌으니까 북어지, 촉촉한 북어두 있나?

순남　어쨌든 덕분에 오늘 저녁엔 비린 국을 먹겠네.

선녀　'어쨌든'은 또 뭐유?

　　　이 노인이 헛기침을 하며 돌아온다.

끝순　아버님은 어딜 다녀오세요?

이 노인　으응, 그냥 뭐. 거 무슨 냄새야?

선녀　북엇국이에요!

이 노인　북엇국? 아니 그걸 어디서?

선녀　그러게요! 이걸 구하느라구 제가! 제가 저어 원산포
　　　동해 바다까지 냅다 뛰어가서 배 타구 나가 주낙으
　　　로 잡아다가 말려 가지구 뛰어왔지요, 어르신 드시
　　　라구!

이 노인　허허. 기왕 게까지 갔으문 생태루 그냥 가져올 것이
　　　　지, 무얼 말리기까지, 고생스럽게.

끝순　　국만 잠깐 끓으면 돼요.

이 노인　응. 장정들은?

순남　　아직이네요. 해가 다 저물었는데.

끝순　　뻔하지, 뭐. 또 서울집에들 몰려갔겠지.

순남과 끝순, 한숨을 내쉰다.

순남　　우리끼리 먼저 먹어야겠네. 밥이랑 국은 남겨 놓으면
　　　　되고.

끝순　　근데 아버님, 그게…….

이 노인　으응? 이거? 그냥 실실 걸어 대니다가…….

이 노인, 옷춤 속에 숨겨온 서속 이삭 다발을 꺼낸다.
두툼한 옷 사이에서 이삭 다발이 자꾸자꾸 나온다.

끝순　　아이구, 만인들 눈에 띄기라도 하면 어쩌시려구.

이 노인　어, 까끄랍네. 되놈들 거 추수두 않구 그저 내버려
　　　　둔 게 많드라, 그 아까운 것을……. 그게 다 조선 사
　　　　람들이 지어 논 게지. 맘 같애선 우마차라두 끌구
　　　　가서 싹 다 비여 오고 싶다만…… 마츰 올해는 서
　　　　속 농사가 풍작인데, 이 이삭 탐스런 것 좀 봐, 응? 이
　　　　런 것을 추수두 못허구 그냥 두구 왔으니…… 아깝

기두 아깝지만, 참으루 손복(損福)할 노릇이지, 천벌 받을 노릇이야…….

끝순, 이삭 다발을 받아 들고 눈물이 글썽글썽해진다.

순남 애들은 또 어디 가서 안 와……. (아이들을 찾아 밖으로 나간다.)

이 노인과 끝순, 지는 노을을 바라본다.
명숙과 미즈코, 달그락거리며 저녁 밥상 차릴 준비를 한다.
무대 밖에서 순남이 아이들을 부르는 소리.

순남 (소리) 숙아! 철아! 숙아!

노을이 저물며 어두워진다.

7

무대 다른 쪽이 밝아지면 사내들의 귀갓길.

장 씨와 원창, 만철, 영호가 노동으로 녹초가 되고, 술 몇 잔
에 거나해진 모습으로 돌아오는 중이다.

영호, 자꾸 뒤를 돌아본다.

장 씨   (영호를 잡아끌며) 자꾸 돌아볼 것 없어.

만철   뭘 어쩌려구. 할 수 있는 게 없잖아.

영호   꼼짝도 안 하던데, 그 여자…… 피도 많이 흘리구.

장 씨   그러게 아무리 사랑엔 국경두 없다지만, 세상에 어
         디 붙어먹을 게 없어서, 응?

만철   그럼요. 일본 놈들 때문에 우리 조선 사내들이 당한
         걸 눈꼽만큼이라두 생각했으면, 그럴 수는 없죠!

장 씨   암! 다른 데 다 붙어먹어두 거기 붙어먹으면 안 되
         지! 구 선생님은 알고 계셨소?

원창   아뇨, 일본인 내외인 줄만 알았습니다.

영호   (원창에게) 아시던 사람들이에요?

원창   응, 여기 시내에서 잡화 가게를 하던 이들인데. 사람
         들은 뭐, 싹싹허구 붙임성 있구…… 그랬지. 우리 애
         들 가면 사탕이라두 하나씩 집어 주구……. 행동거
         지며, 일본말 하는 거며…… 그 여자가 조선 여잔 줄

	은 꿈에도 몰랐네. 노상 오비까지 단단히 채려서 기모노를 입구 다녔거든.
장 씨	흥, 말허자믄 내선일체를 몸으루 실천한, 황민화의 모범이구먼!
만철	그랬으문 끝까지 일본 여자 행세를 할 것이지!
장 씨	사람들이 두들겨 패구 조리돌림을 하니까, 저두 모르게 조선말이 튀어나온 거지, 다급하니까.
영호	왜 그런 거래요?
장 씨	지금껏 용케 숨어 있다가 기어 나와서는, 기차를 타려구 했다는 거야. 소련 군인한테 시계며 만년필, 지화며 잔뜩 찔러 주고, 군인들 타는 기차에 몰래 타구 도망치려다가, 민단 청년한테 딱 걸린 거지!
만철	우리 같은 피난민들은 정작 오도 가도 못허구, 기차를 타겠다구 이 고생을 하는데, 사람들이 꼭지가 안 돌고 배겨?
장 씨	그래두 제 서방이라구, 떨어지질 않으려구 발버둥을 치구 감싸구 돌던걸. 허, 매를 벌었지, 매를 벌어.
영호	저대루 그냥 놔두면…….

영호, 원창을 바라보나 원창은 슬며시 눈길을 피한다.
사이.

| 영호 | 그 여자가 그렇게 죄가 많은가요? |
| 만철 | 없다고는 할 수 없지. |

| 장 씨 | 남들 다 고생하는데, 일본 놈한테 붙어 그만치 호강을 했으면…….

| 만철 | 그만헌 대가를 치러야지. 맞아 죽어두 싸지!

| 영호 | 맞아 죽어두 싸?

| 만철 | 그럼!

| 영호 | 그럼 우리두 다 맞아 죽어야지!

| 만철 | 무슨 소리야?

| 영호 | 왜놈 밑에 빌붙어 산 건 그 여자나 우리나 마찬가지 아냐?

| 만철 | 우리야 죽지 못해 산 거지만, 그 여자는…….

| 영호 | 그 여자는 아니구?

| 만철 | 다르지!

| 영호 | 뭐가 달라?

| 만철 | 뭐가 다르긴? 이 사람 이거 왜 이래!

| 영호 | 네가 그 여자 사정을 알아?

| 만철 | 누군 사정 없는 사람 있어?

| 영호 | 꼴같잖아서!

| 만철 | 뭐야?

| 영호 | 진짜 힘든 시절에는 다들 찍소리두 못허구 고개 처박구 있던 것들이…….

| 장 씨 | 어허, 영호. 거 말이 좀.

| 영호 | 아닙니까? 남들 험한 꼴 당할 때, 저는 살겠다구 고개 돌리구 살아 놓구서, 이제 와서 무슨, 다들 독립 투사라두 된 것처럼 설치기는!

만철	그래, 그렇게 살았다. 그러는 너는? 너는 뭐 했냐?
영호	······.
만철	다 똑같은 것들이니까, 국으루나 자빠져 있으라 이 말이야? 아무것두 하지 말어?
영호	그래서 한다는 게, 응? 힘없는 여자 하나 두들겨 패서 곤죽을 만들어 놓는 거야? 더럽고 추저분하다고? 지들은 얼마나 깨끗한데? 그럭허면 즈이들 더럽고 추저분하게 산 게 없어지기라두 해?
만철	내가 때렸어? 내가?
장 씨	우린 그냥 보기만 했지.
만철	죄를 지었으면 죗값을 받는 거지! 그렇게 가슴이 아프고 짠했으면, 그때 나서서 말릴 것이지, 왜 이제 와서 나한테 지랄이야? 내가 뭘 어쨌다구!
원창	그만들 해.

영호, 몸을 돌려 오던 길로 되돌아 나간다.

| 만철 | 야, 어디 가? |
| 장 씨 | 어이, 영호······! |

영호, 대꾸 없이 나간다.

| 만철 | 저 자식, 저거 왜 저래! 중뿔나게! |
| 장 씨 | 에이, 술 다 깨네. |

이 노인이 구제소 밖으로 나와 사내들 곁으로 온다.

이 노인   왔으면 들어올 일이지, 왜들 그러구 있어? 저녁들 먹
                  었나? 밥 넘겨 놨던데.

만철   대충 먹었어요. 한잔하면서.

이 노인   영호는?

만철   몰라요.

이 노인   같이 안 왔어?

원창   잠깐.

만철   뭐 데리구 오기라두 할 참인가? 에에이!

이 노인   으응?

장 씨   아녜요, 아냐.

사이.

이 노인   어 참, 북엇국도 있는데.

장 씨   북엇국이요?

이 노인   자네 안사람이 원산까지 가서 구해 왔다더군.

장 씨   허 참. 아침에 해장하면 되겠네.

사이.

만철   구 선생님, 정말 그 사람들 말대루 될까요?

원창   뭐가?

만철   이제 독립이 됐으니 조선에 돌아가면, 땅은 농사짓는 사람 차지가 되구, 노동하는 사람, 농민이 새 조선의 주인이 되구, 가난과 압제가 없는 세상을 살게 된다는 게?

원창   글쎄…… 두구 봐야 알겠지.

이 노인   그런 꿈같은 일이 있을라구.

장 씨   안 될 것두 없지요? 도무지 가망 없는 소리 같던 독립두, 이렇게 꿈같이 되지를 않았어요!

이 노인   땅을 차지허구, 새 조선의 주인이 되구, 가난과 압제가 없는 세상을 산다……. 그 좋은 노릇을 누가 마다겠소마는, 그것까진 바래지두 않어. 내 땅 아니믄 어떤가? 일본 사람들 수태 많은 땅을 내놓고 갔을 테니, 좌우간 그것을 부쳐 먹게는 될 것이고, 남의 소작이라두 넉넉히 부쳐 먹으면서, 자식들 교육이나 시키구, 그러다 고향에다 뼈나 묻히고 한다믄, 오죽이나 좋을 일인구.

장 씨   꿈이라두 흐벅지게 꾸어 볼 일이지, 원! 우리 같은 사람들이 새 조선 주인이 되면 못할 것두 없지요.

이 노인   주인? 사람이 그리 없어, 호미 쥐고 땅 파는 재주밖에 없는 무식꾼, 농투산이가 나라 주인이 되나? 가당치두 않은 소리. 우리야 그저 배운 재주대루 농사지어 먹구살면 그만이지.

장 씨   그 잘나구, 배워서 약삭빠른 놈들한테 그렇게 압제를 당허구두 그런 소리가 나우? 일본 놈 순사, 그 밑에 조선 놈 순사, 돈놀이허는 우편국장, 일본 농장 감독…….

만철   그 밑에 조선 놈 사무원들…….

장 씨   면 서기, 군 서기, 구장…….

만철   지주, 마름, 지주네 집 사환 놈까지…….

장 씨   층층시하루다가 그렇게 들볶이구두?

이 노인   압제가 있대두 왜정 때 같기야 하겠나? 순사두, 일본 정치 아래서 일본 순사 밑에서 일을 하던 때나 무단히 때리구 욕하구 잡아다 가두고 하면서 싫구 무섭게 굴었지, 독립이 되구, 우리 조선 사람끼리만 사는 다음에야 그렇게 악독한 짓을 할 며리가 있나.

장 씨   그것도 두구 볼 일이지요.

이 노인   그러하고 우리 같은 농투산이가 압제를 아주 안 받겠다는 것은 억지 소리여. 압제두 웬만큼은 있어야 질서가 잽히구 하는 게지…….

장 씨   그러니 노상 당허구만 사는 게요!

이 노인   어쨌든 하지하(下之下)루다가 줄이고 줄여 잡어두 지금보다야 안 낫겠나.

장 씨   (낮게 투덜거리며) 하여간 나두 낫살이나 먹었지만 늙은이들은 안 돼……. 그렇게 어물어물하다 이런 세상을 자식들한테 물려주구두 정신들을 못 채리구, 한다는 소리가…….

만철   조선 땅은 만주보다 농사짓기가 그렇게 좋아요?

장 씨   그럼! 여기가 댈 게 아니지.

만철	난 젖먹이 때 만주 와서 아는 게 없어요, 조선은.
장 씨	산 좋지, 물 좋지, 농사하기 꼭 알맞지! 건 땅에 벼 농사 지어, 기름 자르르 흐르는 입쌀밥을 먹으면서…….
만철	딱딱거리구 따귀 올려붙이는 순사 꼴두 아니 보면서?
이 노인	공출두 이젠 없겠지?
장 씨	그럼요!
만철	면소로, 주재소로 붙들려 다닐 일두 없을 테고…….
이 노인	자식들 공부시키기 좋고…….
장 씨	일가친척이 있고, 선산이 있고…….
이 노인	죽으면 고향에 묻히고…….

사이.

이 노인	빨리 돌아가야 할 텐데. 먼저 간 사람들이 땅이야 집이야, 말끔 차지해 버린 거나 아닌지 몰라.
만철	그럼 어떡하지요?
이 노인	닭 쫓던 개 지붕 쳐다보는 꼴 되는 거지, 뭐.
장 씨	제엔장맞일! 두구 봅시다! 이놈의 해방인지 막덕인지가 얼마나 우리를 호강시켜 주나!*

---

* 해방된 조선에서의 삶에 대한 기대와 희망에 관련된 부분은 채만식의 소설 「소년은 자란다」에서 차용, 변형한 것이다.

장 씨, 자리를 털고 일어나 구제소 안으로 들어간다.

만철도 이 노인을 부축해 그 뒤를 따른다.

만철　안 들어가세요?

원창　으응, 영호 오는 것 보고.

만철　그 참, 쓸데없이.

이 노인　왜에?

만철　아니에요. 들어가세요.

원창, 혼자 남아 쪼그리고 앉아 밤하늘을 올려다본다. 사이.

영호가 돌아온다.

원창　어떻게…….

영호　(원식 곁에 쪼그려 앉으며) 없어요.

원창　없어?

영호　네…… 그새 어디루 갔는지…….

원창　제 발루 갔다면 다행이고.

영호　글쎄요.

원창　누가 데리구 갔을 수도 있지.

영호　누가요?

원창　뭐, 자네 같은 사람이…….

사이.

원창	좋게 좋게 생각해야지.
영호	좋게 좋게요…….
원창	좋은 일은 하나두 없으니까.
영호	죄송합니다. 주제넘게…….
원창	아냐, 아냐. 자네 말 하나두 그른 게 없네.
영호	저는 그런 말할 자격두 없는 놈이에요.
원창	너무 그러지 말게.

사이.

영호	형이 하나 있었어요.
원창	영자허구 둘뿐이라 하지 않았어?
영호	저보다 여덟 살 많은. 10년두 전에 산으루 갔죠.
원창	산? 아아.
영호	제가 열 살 땐가 마을에 빨치산이 내려왔었어요. 일본 순사 하나 다치구, 조선 사람 순사 하나 죽구, 여기는 이제 해방구라구, 마을 사람들 죄 모아 놓고 연설을 하구, 양식을 거둬 가지구 다시 산으로 올라갔는데…… 그때 우리 형두 따라갔어요. 형 말구두 동네서 다섯인가 갔죠. 피가 끓는 청년들이니까. 그 뒤에 일은 뭐 말 안 해두 아시겠구……. 유격대루 나간 청년 둔 집들은 말 그대루 박살이 났죠. 독립운동하는 옳은 아들 둔 죄루, 아버진 주재소 끌려가 죽을 만큼 얻어맞고 얼마 못 가 돌아가시구, 어머니

두……. 영자허구 저허구 둘만 남았죠. 그 잘난 형 때문에……. 한 해 된가 유격대가 다시 와서, 양식을 거두는데…… 그중에 형이 있더군요. 두리번두리번 우릴 찾는 것 같애요……. 난 영자 손을 잡고 주재소로 뛰었어요. 죽어라고 뛰었어요……. 이가 갈렸어요. 그때는 세상에 형만큼, 독립운동한다는 사람들만큼 미운 게 없었어요, 어린 마음에는…….

원창　…….

영호　여럿이 죽었죠, 그날.

원창　그만하게. 다들 험한 시절을 산 거야. 죄를 묻자면 우리 모두 죄인이지. 그 바닥을 들여다보자면 살아 있을 며리가 없지. 그렇다고 다 죽자고 들 건가? 그 사람들이 다들 떳떳하고 부끄러운 게 없어서 그럴까? 아니. 떳떳지 못허구, 부끄러워서 더 그러는 거야. 거짓말루래두, 아주 못쓰게 살진 않았다, 자기를 위로허구 변명허구, 그런데두 왜 이 지경이 되었는가 따지자니 분풀이를 헐 데가 필요허구……. 그게 옳다는 게 아니네……. 그저 사람이란 건 그렇게 비겁하고 옹졸한 족속이고, 산다는 건 그렇게 추저분한 일이라는 말이야.

사이.

영호　무얼 어째야 할지 모르겠어요. 이젠 영자두 없구, 가

봐야 아무것두 없는데, 내가 왜 조선에 가려고 하는
지…….

원창   조선 사람이니까.

영호   선생님은 조선 사람인 게 좋으세요?

원창   좋고 싫을 게 있나……. 조선 사람은 조선 사람인걸.

영호와 원창 묵묵히 앉아 있다.

무대 어두워진다.

8

무대 밖에서 들려오는 여인들의 소리.

선녀　　(소리) 뭐? 무얼 한다고?

순남　　(소리) 떡장사?

무대 급히 밝아지며, 명숙과 미즈코, 순남, 끝순, 선녀가
무대 위로 등장한다.

명숙　　네. 공장 다 뜯구 기차 뜨려면 아직두 한참일 텐데,
　　　　주저앉아서 돈만 착실히 까먹다가, 기차 뜨기두 전
　　　　에 빈 주머니가 되구 나면, 그 먼 길에 여비는 어떡
　　　　하냐는 거죠.

끝순　　글쎄, 좋긴 한데…….

순남　　밑천이 있어야지.

선녀　　할래믄 술장사가 이문은 많이 남지.

순남　　에그, 술장사는…… 떡장사를 하겠대두 우리 집 그
　　　　양반은 펄쩍 뛰는걸.

명숙　　밑천은 저희가 댈 테니까…….

끝순　　응? 그럴 돈이 있어?

명숙　　급할 때 쓰려구 묶어 둔 돈인데, 그냥 이러구 있을 일

이 아닌 것 같아서. 우리가 다섯이니까 할 만할 거야. (순남에게) 나가서 파는 건 저하구 미숙이가 할 테니까, 아주머니는 걱정하실 것 없구요……

끝순 그럼 좋지!

순남 우리 집 양반두 뭐라고는 못하겠네.

선녀 나는 빼 줘. 바빠서 안 돼.

명숙 아무리 피난 살림이래두 한 지붕 아래, 한솥밥 먹는 식군데, 행동을 통일해야지, 혼자만 쏙 빠지려구!

선녀 난 떡 같은 거 만들어 본 적도 없어. 할 거면 술장사 해, 술장사.

명숙 시끄럽구, 빠질 생각 말어요, 아주머니 할 일은 따루 있으니까.

선녀 뭐?

명숙 쌀을 사자면 야미 쌀인데, 그쪽 일이야 아주머니가 훤하니까. 북어두 구해 오는데, 뭐 쌀쯤이야. 아주머니는 시장에서 쌀을 사다 대구, 우리는 떡을 하구. 먼저 시루부터 하나 장만해야겠네.

선녀 시루?

명숙 야미시쬬엔 없는 게 없다면서.

끝순 우리 진짜 하는 거야?

명숙 그럼.

끝순 내일부터?

명숙 쇠뿔두 단김에 빼야지.

끝순 무슨 떡을 하죠?

순남	인절미지, 뭐. 다른 건 구하기 힘들고 콩은 그래두 여기 흔하니까.
끝순	팥을 구할 수 있으면 팥시루떡을 하면 좋은데!
명숙	팥이 있을까 모르겠네.
선녀	백설기, 난 백설기가 푸근푸근하고 좋더라.
끝순	설탕허구 소금!
순남	아이고, 그걸 빼먹을 뻔했네.
끝순	떡 해 본 지가 하두 오래돼서!

여인들, 떡 이야기를 하며 아연 화색이 돈다.
"목판은 이걸루 하면 되겠네.", "떡메가 있어야 될 텐데?", "밀가루도 있어야 된다. 시루밑 붙이려면.", "필요한 게 많네." 등등.
여인들이 수다를 떨며 흩어져 간다.
무대 다른 쪽에 숙이와 철이가 보인다.

숙이	역전에는 밀려오는 피난민을 상대하는 장사꾼들이 많았습니다.
철이	먼저 와서 기차를 기다리던 피난민들이
숙이	이제 막 도착해 어리둥절하고, 배고프고, 목마른 피난민들에게
철이	담배와 술, 김밥과 우동, 떡과 사과를 팔았습니다.
숙이	(철이를 놀리듯 가리키며) 물을 떠다 주고 돈을 받는 아이들도 있었지요.

철이   (호객하듯) 한 고뿌에 50저언!

위의 대사 동안, 여인들이 제각각 떡을 찌는 데 필요한 도구
들을 들고 무대 위를 바삐 오간다.
떡이 익어 가는 시루에 서리는 김이 무럭무럭 피어오른다.
순남은 쌀을 골라 씻고, 끝순은 화덕에 불을 때고, 명숙과 미
즈코는 다 익은 쌀을 천으로 감싸 목판 위에 올리고 마주서
서 발로 밟는다.
선녀는 쌀자루며 재료들을 들고 와 내려놓고 또 어디론가 바
삐 나간다.

숙이   참 신기했어요. 도대체 그 먹을거리와 물건들이 어디
        에 꽁꽁 숨어 있다 흘러나오는 건지.
철이   드디어 우리두 떡장사를 시작했습니다!
숙이   구제소 앞마당에 화덕을 만들고
철이   솥을 올리고 그 위에 시루를 올리고
숙이   화덕에 불을 피워 쌀을 찌고
철이   떡메가 없으니 발로 꽁꽁 밟아서
숙이   인절미를 만들어 이고 역전으로 나갔습니다.
철이   화덕에 타오르던 불, 시루에 무럭무럭 서리던 김.
숙이   보기만 해도 왠지 마음이 푸근했지만,
철이   그 여자가 발뒤꿈치로 꽁꽁 밟아 만든 인절미는 그
        보다 더 푸근푸근, 쫄깃쫄깃, 맛이 좋았습니다.
숙이   이마에 땀이 송글송글 맺히도록 떡을 밟으면서, 뽀

얇게 웃던 그 여자.

철이   이…… 이땃…… 이따이…….

숙이   사실 우린 그 여자가 벙어리가 아니라는 걸 알고 있었지만,

철이   왜 벙어리 행세를 할까?

숙이   왜 거짓말을 하지?

철이   생각이 들 때도 있었습니다만,

숙이   그때, 그 여자가 한 잠꼬대

철이   아…… 이따…… 이따이…….

숙이   아…… 아파…… 아파…….

철이   그건 아무래두 거짓말은 아니어서.

숙이   아, 정말…… 아픈가 보다, 아프구나.

철이   아마 우리처럼 조선말을 잘 못해서 많이 혼나서 그런 거라고,

숙이   그래서 아예 말을 안 하기로 작정한 게 틀림없다고,

철이   생각하기로 했습니다.

숙이와 철이의 대사가 진행되는 동안, 이 장면은 일종의 활인화(活人畫)처럼 구성된다.
음악과 함께 춤에 가까운 동작으로.
오래전에 잃어버린 평화롭고 고즈넉한 한때처럼, 무대 위에 환한 순간이 잠시 흐른다.
여인들은 쌀을 일어 씻고, 불을 때고, 떡을 밟고, 이 노인은 판자 쪼가리를 주워 들고 들어와 끝순에게 건네고, 화덕 근

처에 앉아 시름없이 타오르는 불과 김을 바라본다.

일을 끝낸 사내들이 하나 둘 돌아와, 더러는 수건으로 낯을 씻고, 아픈 어깨와 팔다리를 두드리고 주무르며, 여인들이 떡 짓는 모양을 바라보거나 공연히 참견을 하기도 한다.

가장 외떨어진 곳에서 영호가 이 모든 모양을, 특히 미즈코와 두 손을 맞잡은 채 조용히 춤추듯, 떡을 밟고 있는 명숙의 환하게 상기된 얼굴을 물끄러미 바라본다.

밝아졌던 빛이 점차 좁아져, 명숙과 미즈코, 영호에게만 남았다가 서서히 스러진다.

9

밝아지면 구제소.

장 씨 혼자 누워 있다.

선녀가 돌아온다.

선녀   다들 어디 갔어? 이렇게 집을 비워 놓구.

장 씨   내가 지키고 있잖아.

선녀   아픈 사람 혼자 있는데, 쯧……. 좀 어때?

장 씨   그냥 그래.

선녀   (장 씨의 머리를 짚어 보며) 열이 가시질 않네. 머리두
            계속 아파?

장 씨   응.

선녀   으슬으슬 춥구?

장 씨   응.

선녀   설사는?

장 씨   아까 한 번. 열나는 것부다 배 아픈게 지랄 같네.

선녀   감기 몸살인 것 같은데, 심하네.

장 씨   낫겠지. 일이 좀 고됐나 봐.

선녀   다른 사람들은 멀쩡한데.

장 씨   내가 또 일을 하면 두 사람, 세 사람 몫을 하잖어. 자
            네허구 하루라두 빨리 조선 가려구 말야, 응?

선녀	으이구, 술 때문이지, 술! 이 술고래야. (물을 뜨러 간다.)
장 씨	어디 가?
선녀	약 먹자. (물그릇을 들고 와 약병들을 꺼내 든다.)
장 씨	뭔 약이 그렇게 많어?
선녀	이거는 노바폰, 감기약. 이거는 정로환.
장 씨	돈 다 쓰구 빈털뱅이루 주저앉을 셈이야?
선녀	내 알아서 하니 걱정 마셔.
장 씨	뜯지 말구 도로 물러 와. 며칠 쉬면 나을걸, 쓸데없는 데 돈을 쓰구 있어. 야, 그 돈이믄, 여관을 가두 몇 번을 가겠다. 그래, 기차 타문 한참 동안은 거시기두 못할 텐데, 기차 뜨기 전에 그 돈으루 여관이나 가서 미리 실컷 몸이나 풀구 가자, 이히히.
선녀	어이구, 이 화상아. 그저 입만 살아 가지구! (장 씨의 가슴패기를 때린다.)
장 씨	아! 아픈 사람을!
선녀	얼른 나아야 기차를 타구 가든, 여관을 가든 할 거 아냐! 이제 일두 거의 다 끝났구, 며칠 새루 기차가 뜰지 모른다는데! 검사를 해 가지구, 병자는 기차에 태우지두 않는대. (약을 들이밀며) 얼른 먹어.
장 씨	빼갈이나 한 병 사오지. 감기엔 그저…… .

선녀, 장 씨를 쥐어박는다.

장 씨, 선녀가 주는 약을 받아먹는다.

선녀, 다른 갑에서 캐러멜을 하나 꺼내 장 씨에게 준다.

장 씨　　뭐야?

선녀　　미루꾸. 약 잘 먹은 상이야.

장 씨　　까 줘야지.

선녀　　으이구. (캐러멜을 까서 장 씨 입에 넣어 준다.)

장 씨, 오물오물 캐러멜을 먹는다.

선녀　　맛있어?

장 씨　　다네.

선녀　　(캐러멜 갑을 장 씨 손에 쥐어 주며) 갖구 있다가 하나씩
　　　　먹어.

장 씨　　자네두 하나 먹어.

선녀　　난 단 거 싫어.

장 씨　　어허, 서방님이 주시는 건데.

장 씨, 캐러멜을 까서 선녀 입에 넣어 준다.

장 씨　　(선녀를 끌어당기며) 이리 와 봐.

선녀　　아이, 왜 그래.

장 씨　　아무도 없는데, 뭐. 있으면 또 어때. 내가 아퍼서, 추
　　　　워서, 우리 각시 좀 안고 있겠다는데.

장 씨, 선녀를 등 뒤에서 안고 모로 눕는다.

선녀　　좀 들 추워?

장 씨　　으응.

선녀　　따뜻해?

장 씨　　으응. 유담뿌가 따로 없네.

선녀　　어, 유담뿌도 하나 장만해 둬야겠네. 길 떠나기 전에.

장 씨　　우리 각시는 재주도 좋아. 어디서 이런 우렁각시가
　　　　　나한테 뚝 떨어졌누?

사이.

선녀　　왜 안 물어봐?

장 씨　　응? 무얼?

선녀　　내가 무얼 하던 여자였는지. 안 궁금해?

장 씨　　그러는 자네는?

선녀　　알아서 뭣 하게.

장 씨　　내 말이. 물어보고 자시고 헐 게 뭐 있어, 이렇게 따
　　　　　따앗헌디.

선녀　　나중에 알면 화낼려구?

장 씨　　나중은 나중 일이구. 우리가 뭐 나중 보고 산 사람
　　　　　들인가. 뭐, 말해야 알어?

선녀　　말 안 해두 다 알어?

장 씨　　응. 자네는 착한 사람이여.

선녀는 장 씨에게 안긴 채, 조용히 눈물을 흘린다.

무대 다른 쪽이 밝아지면 길가에 자리 잡은 명숙과 미즈코의
떡 좌판.
최 주임이 그 앞에 앉아 느물느물 떡을 집어먹고 있다.

최 주임   글쎄, 내가 막아 주는 것두 한도가 있지. 피난민은
자꾸 몰려들구, 구제소에 들어오겠다는 사람은 줄
을 섰는데, 민적에두 없는 사람이 구제소에 딱 들어
앉았으니, 위에서 알면 난 모가지가 달아날 판이라
구…….

명숙   여태껏 사정 봐주셨으니까, 어떻게 조금만 더 눈감
아 주세요. 기차가 뜰 때까지만. 제 동생이 홑몸두
아니구, 어떻게 한뎃잠을 자겠어요.

최 주임   사정 딱한 거야 다 마찬가지지. 요즘은 피난민들 속
에 잠상꾼들이며 일본 놈들이며, 친일파, 부역자 놈
들이며 자꾸 숨어들어서 말썽이 나는 통에, 위에서
두 조사를 확실히 하라구 어찌나 닦달을 하는지, 원
칙대루 하는 수밖에 없어, 원칙대루.

명숙, 돈을 꺼내 몰래 최 주임에게 쥐어 준다.

최 주임   이거 왜 이래. 누가 이런 걸 바라고…….
명숙   그냥 넣어 두세요.

최 주임	아니, 나두 도와주고 싶지. 아이구, 떡 맛있네. 뭐, 아주 방법이 없는 건 아닌데.
명숙	무슨 방법요?
최 주임	내가 사무소 딸린 방에서 혼자 지내거든. 셋이 있긴 그렇구, 둘은 있을 만해.
명숙	네?
최 주임	동생은 아가씨 이름으루 구제소에 있구, 아가씨가 거기 와서 있으문, 문제는 해결되지. 서류허구 인원수가 맞어야 하는데 그럭허믄…… 왜 그런 눈으루 보는 거야?
명숙	아저씨허구 나허구 둘이 한 방에서요?
최 주임	아저씨라니? 나 이래 봬도 총각이야! 장가 한번 못 가 본 숫총각이라구.
명숙	그렇겠죠.
최 주임	다들 뒤섞여서 뒹구는 건 어디나 마찬가진데, 호젓허구 좋지 뭘 그래?
명숙	호젓하기야 할 테지만…….
최 주임	낮엔 어차피 나와서 지낼 테구 잠만 자면 돼, 잠만!
명숙	(속을 감추고 짐짓 순진한 척으로) 그래두 남녀가 유별한데.
최 주임	아니, 난 도와주고 싶어 그래, 어떻게든. 누가 잡아먹나? 응? 사람의 선의를 갖다가 이상한 식으루 오해하면 안 되지, 그럼!
명숙	(한숨을 내쉬며) 생각해 볼게요.

최 주임 생각하구 말 게 뭐 있어? 오늘 밤이래두 당장 오면
나두 편쿠, 아가씨두 편쿠…….

명숙 아이, 그래두 그렇지이. 당장은…….

최 주임 좋은 게 좋은 거지, 뭐, 이것저것 따질 때야, 지금?

명숙 (최 주임의 팔을 잡아 일으키며) 알았어요, 알았어. 내
며칠만 더 생각해 보구…….

최 주임 이런 비상시국에는 말야, 줄을 잘 서야 돼, 줄을. 응?
어디가 내가 살 줄인가, 딱 보구, 이거다 싶으면 말야,
응? 언제든 방은 비어 있으니까, 응?

명숙 알았다니까…….

명숙, 최 주임을 떠밀어 보낸다.

최 주임, 느물대며 나간다.

명숙 저런 개…… 개만도 못한 새끼. 에이, 더러워서.

영호가 뒷짐 진 손에 떡메 하나를 들고 걸어온다.

명숙 (영호를 아직 보지 못하고 미즈코에게) 어쩔까? 그냥 한
번 주고 말어?

미즈코, 명숙에게 눈짓한다.

명숙, 뒤돌아 영호를 본다.

영호   뭘 줘요?

명숙   아, 아니에요.

영호   (최 주임이 나간 쪽을 보며) 누구예요?

명숙   사무소 최 주임요.

영호   아아, 최 주임. 그 사람이 왜?

명숙   (한숨을 내쉬며) 아무것두 아니에요. (떡을 집어 주며)
        드세요.

영호   팔아야죠.

명숙   오늘 장산 다 했어요, 이제 들어가려구. 왜 혼자 와
        요?

영호   아저씨들허구 만철이는 서울집 가구…….

명숙   술집 이름 하난 기맥히게 지었어. 서울은 멀어두 서
        울 가는 기분으루.

영호   주인 아주머니 본가가 서울이래요.

명숙   같이 안 가시구?

영호   뭐 그냥.

명숙   뭐예요, 그건?

영호   어, 뭐, 그냥 눈에 뵈길래……. (떡메를 명숙에게 건넨
        다.)

명숙   (받아 들고) 떡메네! 이게 어디서 났어요?

영호   일 갔다 오는데, 어느 집 마당에 굴러다니구 있어서.

명숙   나 주는 거예요?

영호   쓸 만하겠어요?

명숙   (떡메를 만져 보며) 단단하네. 굴러다니던 물건은 아닌

데?

영호 주웠어요.

명숙 에이, 말두 안 돼. 판자 쪼가리 하나만 떨어져 있어
두, 다들 눈에 불을 켜구 주워 가는데. 바른대로 말
해요. 샀죠? 시장에서?

영호 글쎄 주웠다니까!

명숙 세상에…… 우리가 떡메두 없이 떡 밟구 있는 게 보
기 안 좋았구나. 힘들까 봐. 아유, 떡메가 크네!

영호 너무 큰가?

명숙 큰 게 좋죠. 작은 것보담.

명숙, 좋아라 떡메를 쓰다듬다가 영호와 눈이 마주친다.
사이.

명숙 고마워요.

영호 (딴청하며) 정말 아무 일 아니에요?

명숙 네?

영호 아까 최 주임인가 뭔가.

명숙 아아…… 아실 것 없어요.

영호 거 족제비같이 생긴 게, 가만 보면 맨날 요 앞에서
짜웃짜웃.

명숙 (한숨만 포옥 내쉰다.)

영호 말해 봐요. 무슨 일이에요?

명숙 (미즈코를 가리키며) 얘 때문에요.

영호	동생이 왜요?
명숙	그것두 감투라구, 글쎄, 얘 민적 없는 걸 약점 잡아 가지구, 맨날 쫓아내네 어쩌네 하믄서, 증명서 없이 구제소 있는 값이라구 떡 집어 먹구, 돈 뜯어 가구······.
영호	뭐예요!
명숙	참, 기가 막혀서. 그러더니 이젠 글쎄······.
영호	글쎄 뭐요?
명숙	아니에요. 말도 못하겠어요.
영호	말해 봐요!
명숙	사람을 뭘루 보구······. (눈물을 찍는 척한다.)
영호	그놈이 어쨌는데요?
명숙	날더러 제 사는 사무소 방으로 오라지 뭐예요. 밤에.
영호	이······! (말도 못하고 주먹을 부르쥔 채 부르르 떤다.)
명숙	어찌나 찰거머리같이 치근거리는지 아무래두······.
영호	아무래두 뭐요?
명숙	그 사람 말 안 들으면 해코지라두 할 참이야. 그러구두 남을 위인이지. 잘 먹구 몸이 편해두 힘들 텐데, 이 피난통에 못 먹구 힘들구 가뜩이나 애까지 가진 애를, 한뎃잠 재우게 생겼으니······ 까짓 거 나 하나 눈 질끈 감고······.
영호	(폭발 직전에 이르러) 눈 질끈 감고?
명숙	방법이 없잖아요.
영호	그놈한테 간다고요?

명숙	오죽하면 그런 생각까지 하겠어요.
영호	(드디어 터져서) 왜 말을 안 해요, 말을! 벙어리요? 아니, 동생은 그렇다 쳐두, 당신두 벙어리냐구! 방법이 있을지 없을지는 얘기해 봐야 알지, 그래 바보 천치같이 말두 안 하구, 꿍하고만 있으면 어떻게 알아!
명숙	왜 나한테 화를 내요?
영호	진, 진즉에 얘길 했어야지!
명숙	그런 얘기 대놓구 한 건 오늘이 처음인걸. 아까 금방.
영호	대놓구 말 안 한다구 그걸 몰라요? 그런 놈들 속셈이야 뻔한 거지!
명숙	난 몰랐죠.
영호	그렇게 어수룩하게 돈을 뜯기구, 또 뭐? 아이구 나 참⋯⋯. 잠시 잠깐 만났다 헤어지는, 피난지 인연이래두 어쨌거나 한 달이 넘게 한솥밥 먹는 식구 아뇨.
명숙	내 동생 민적 없는 건 얘기했었는데⋯⋯.
영호	들은 건 기억나요. 그땐 내가 우리 영자 보내구 경황이 없었기두 하구⋯⋯ 그 뒤로 아무 말 없길래, 어떻게 해결됐나 보다 했지.
명숙	다들 힘든데 걱정 끼치기 싫어서.
영호	(씩씩대며 최 주임 나간 쪽을 향해) 그런 불상놈이 있나 그래⋯⋯ 이 족제비 같은 놈이.

명숙, 미즈코와 함께 좌판을 거두어 든다.

명숙 가요.

영호 거 안 그래두 내가 생각해 둔 게 있는데.

명숙 뭐요?

영호 해결됐으문 공연한 짓이겠다 싶어 안 했는데.

명숙 말해 봐요.

영호 일이 이 지경이면 어쩌면 그 방법두 괜찮겠다 싶으
     니까.

명숙 거 되게 뜸들이시네.

영호 그러니까…… 우리 영자는 죽었지만 피난민 증명서
     에는 아직 이름이 있다 이거죠.

명숙 그래서요?

영호 동생분은 있지만 증명서가 없구. 그러니까 동생분이
     내 동생이 돼서, 영자 이름으로 기차표를 받아서 타
     구 가면 어떠냐, 이겁니다.

명숙 그렇게 될까요?

영호 안 될 게 뭐예요?

명숙 그렇게만 되면! 그렇게만 해 주신다면!

영호 구 선생님허구 의논을 해 볼게요. 민단 사람들두 잘
     아시니까.

     명숙과 미즈코, 기쁨에 펄쩍펄쩍 뛰다가, 영호에게 연신 절
     을 한다.

명숙 고마워요! 정말 고마워요! 이 은혜를 어떻게 갚지

요? 그렇게만 해 주신다면, 뭐든지 다 할게요. 여비
두 저희가 내구, 가는 동안 밥두 해 드리구! 짐될 일
은 전혀 없을 거예요! 그래두 우리 미즈, 미숙이가
복이 있네요. 이 험한 데서 이렇게 귀인을 만나구!
고맙습니다, 고맙습니다!

영호　　그만해요, 뭐 별일이라구.

명숙　　진즉에 말씀해 주시지!

영호　　진즉에 말씀하셨어야지.

명숙　　(웃다가 문득) 최 주임. 그 사람은 어떡하죠?

영호　　그 새낀 내가 알아서 합니다.

명숙　　어떻게요?

영호　　글쎄 두구 보면 알아요. 갑시다.

명숙　　우리 시장에 갔다 가요. 오늘 같은 날, 맛있는 거 먹어
야지. 맨밥만 먹을 수 있어요? 아니, 그러지 말구 우리
끼리 국밥집에서 가서 먹구 가요. 내가 한턱내죠.

영호　　그럴 것 없는데.

명숙　　자, 가요.

명숙과 미즈코, 영호, 걸어 나간다.

영호　　(걸어가며 떡메 무게를 가늠하느라 흔들어 보고) 이거 아
무래두 너무 무겁네.

명숙　　가서 바꿔요.

영호　　바꾸긴, 주운 거라니까.

명숙	정말?
영호	정말이죠, 그럼. 안 되겠다. 아가씨들은 못 쓰겠네, 이거.
명숙	나 힘 좋은데.
영호	안 돼. 괜히 다치기라두 하면. 할 수 없다. 낼 아침부턴 내가 떡 쳐 주고 나가야겠네.

명숙, 픽 웃음이 터진다.

영호	왜 웃어요?
명숙	(웃으며) 아침에?
영호	아침에 떡을 쳐야 갖구 나가서 팔지?
명숙	그렇지, 그렇지!
영호	근데 자꾸 왜 웃어?
명숙	아녜요, 아냐!

명숙과 미즈코, 영호, 걸어 나간다.
무대 어두워진다.

10

숙이와 철이 쪽이 밝아진다.

숙이/철이   쿵/떡, 쿵/떡, 쿵/떡, 쿵/떡

숙이   아침은 조금 더 소란스러워졌고

숙이/철이   쿵/떡, 쿵/떡, 쿵/떡

철이   떡메로 쳐 낸 인절미는 전보다 더 매꼬롬해졌지만

숙이   이상하게도 두 여자가 발로 꽁꽁 밟아 만든,

철이   가끔은 밥알이 씹히기도 하던 인절미보다

숙이   무언가, 왠지 모르게 맛이 덜하다고

철이   사람들은 쑥덕거렸습니다만,

숙이   별스런 이 피난살이의 하루가

철이   별다른 일 없이 하루 또 하루

숙이   어느덧 10월이 다 지나가고

철이   11월이 되었습니다.

숙이와 철이가 대사하는 동안, 한 아이가 힘없이 거리를 지난다.

마른 몸, 까맣게 때에 전 얼굴에 눈동자만 길고양이의 그것처럼 하얗게 빛난다.

맞은편에서 떡 광주리를 들고 걸어오던 미즈코와 아이가 마

주친다.

미즈코, 허리를 굽히고 아이 앞에 떡 광주리를 내려놓는다.

아이는 경계하며 미즈코를 바라본다.

미즈코, 손짓으로 광주리 안의 떡을 가리킨다.

그러나 아이는 길고양이처럼 몸을 움츠린 채 바라볼 뿐, 다가

서지 못한다.

미즈코, 손으로 먹으라는 시늉을 한다.

아이는 여전히 경계를 풀지 않는다.

미즈코 애가 타서, 마침내 입을 연다.

미즈코 …… 다이죠부[大丈夫]…… 오다베[お食べ]…… 오다베[お食べ]…….(……괜

찮아…… 먹어…… 먹어…….)

미즈코의 뒤편으로 숙이와 철이가 걸어오다가 이 모양을

본다.

미즈코 다이죠부[大丈夫]…… 오다베[お食べ]…… 오다베[お食べ]…… 다이죠부요[大丈夫よ].

(괜찮아…… 먹어…… 먹어…… 괜찮아.)

아이는 숙이와 철이를 보고 흠칫 놀라 뒤로 두어 걸음 물러

선다.

미즈코, 고개를 돌려 숙이와 철이를 본다.

긴 침묵이 흐른다.

숙이   ……유코.

미즈코   …….

숙이   유코.

          사이.

숙이   유코…… 다이죠부요…… 오다베…… 오다베…….

아이, 놀라운 속도로 달려들어 떡을 움켜쥐고 물러선다.

아이, 미즈코와 아이들에게서 눈을 떼지 않은 채, 떡을 들고

천천히 멀어져 간다.

망연히 그 자리에 남은 미즈코와 숙이, 철이.

노을이 진다.

11

저녁 어스름. 산비탈.

명숙이 비탈에 앉아 담배를 피우고 있다.

잠깐 방심한 듯 텅 빈 얼굴.

영호가 언덕을 넘어온다.

영호, 잠시 명숙이 담배 피우는 것을 보다가, 명숙 곁에 앉
는다.

영호   담배를 참 맛있게 피우시네.

생각에 잠겨 있던 명숙, 그제야 영호를 보고 서둘러 담배를
비벼 끈다.

영호   아니, 왜 꺼요? 피우지, 비싼 거를.
명숙   한 대 드릴까?

명숙, 영호에게 담배를 건네고 불을 붙여 준다.

자신도 한 대 다시 붙여 문다.

영호   무슨 생각을 그렇게 하고 있었어요?
명숙   생각은 무슨…….

영호	업어 가도 모르겠던데?
명숙	업어 가려구? (슬몃 웃으며) 아무 생각 안 했어요, 오랜만에…… 아무 생각 없이 앉아 있으니까 좋더라구. 어디 갔다 와요?
영호	으응…… 영자한테.
명숙	영자는 좋겠네. 이렇게 살뜰한 오빠두 있구.
영호	죽은 애가 뭐 알겠어요? 그저 다 내 맘 편차구 하는 짓이지……. 너무 빨라, 너무 빠르더라구……. 아무것도 해 줄 게 없어. 지켜보는 것 말고는 할 수 있는 게 없더라구……. '괜찮아, 괜찮을 거야…….' 애는 안 괜찮은데, 숨이 넘어가는데…… 속수무책으루, 앉아 있던 걸 생각하면…….
명숙	자꾸 생각하지 말아요.
영호	마음대로 안 되네. '그래 괜찮아, 영자는 좋은 데 간 거야. 좀 먼저 간 거뿐이야. 나중에 내 따라가서 만나지 뭐, 괜찮아.'
명숙	그래. 안 괜찮아도, 괜찮아, 괜찮아 하면서 가야지.
영호	그러면 뭘 해. 우리 영자는 없는데……. "오라버니!" 하고 부르는 소리가 귀에 쟁쟁한데, 없어, 없다구……. 우리 영자가 노래 잘했댔는데……. 이화자 노래, 그거 잘했지……. 서울 가서 가수 되겠다구 그랬는데……. 이제 그 애는 노래를 못해. 영영. 그 좋아하던 노래를…….
명숙	영자는 이제 편할 거예요……. 편히 쉬고 있을 거예

	요. 생각도 없이, 꿈도 없이.
영호	그것두 산 사람 편하자는 소리구.
명숙	산 사람은 뭐 영영 사나? 앞서거니 뒤서거니, 언제든 한번 가는 건 마찬가지지. 결국엔 혼자 가야 하는 건데, 뭐.

사이.

영호	명숙 씨.
명숙	네?
영호	명숙 씨는 꿈이 뭡니까?
명숙	꿈?
영호	응.
명숙	그런 거 없어요.
영호	꿈 없는 사람이 어딨어.
명숙	꿈이라…… 꿈이라…… 글쎄. 이제껏 살아온 게 꿈 같은데, 아직도 길고 긴 꿈속에 있는데, 꿈속에서 무슨 꿈을 더 꾼단 말이에요?
영호	아, 그런 꿈 말고, 그러니까 앞날에…….
명숙	앞날…… 꿈에두 그런 건 생각해 본 적이 없어서.
영호	생각해 봐요.
명숙	음…… 앞날은 모르겠구, 더 이상 꿈을 꾸지 않는 거? 이 꿈에서 깨어나는 거…… 그게 내 꿈이야.
영호	(못 알아듣고) 응?

명숙	아마 그럴 수는 없겠지. 아니, 결국에는 그렇게 되겠지만. 그때까지는…….
영호	그게 무슨 꿈인데요?
명숙	그만해요.

명숙, 영호의 어깨에 머리를 기댄다.

명숙	잠깐만 어깨 좀 빌려요. 오랜만에 담배를 피웠더니 어지럽네.
영호	으응.
명숙	아무 생각 없이 좋았는데, 괜히 꿈이니, 앞날이니, 사람 심란하게 만들어.
영호	미, 미안해.
명숙	(담뱃갑을 영호에게 건네며) 담배나 피워요. 담배 피우는 모습이 보기 좋네.
영호	어, 뭐. (담배를 피워 문다.)
명숙	내가 내 꿈 얘기를 하면, 당신은 펄쩍 놀라 달아날걸?
영호	글쎄, 그건 들어 봐야 알지.
명숙	나한테 화를 낼 거야.
영호	나라구 뭐 비단길, 꽃길루만 지나온 사람은 아니니까.
명숙	그러니까 앞으론 비단길, 꽃길루만 가야지. 참한 여자 만나서.
영호	부산까지 간댔나?

명숙	일단은.
영호	그러구는?
명숙	그러구? 몰라.
영호	뭐, 천천히 생각하면 되지.
명숙	무얼?
영호	이것저것. 먼 길이니까. 시간은 많으니까.
명숙	그럴까?
영호	천천히.
명숙	천천히…… 그 참 당신,
영호	응?
명숙	사람을 심란하게 만드는 재주가 있네.

사이.

영호	미숙이가 우리 영자를 퍽 닮았어.
명숙	응?
영호	얼굴이 갸름하고 하얀 거며, 눈꼬리가 촉촉하니, 금방이라두 눈물이 뚝뚝 떨어질 것 같은 게…… 뭐, 그렇다구…….

영호, 담배를 피운다.
명숙, 영호의 어깨에 머리를 기댄 채 저녁 하늘을 올려다
본다.
어두워진다.

12

어둠 속에서 누군가 끙끙 앓는 소리.

서서히 밝아지면 구제소.

장 씨가 열에 들떠 앓고 있다. 앓는 소리에 기운이 없다.

좀 떨어진 곳에서 끝순이가 명숙과 미즈코의 짐을 뒤지고 있다.

순남, 문간에 서서 초조하게 망을 보고 있다.

순남   아유, 꼭 그럴 것까지 있을까? 애들 말이라…….

끝순   (짐을 뒤지며) 아무튼 미숙이가 말을 하더란 거죠? 그 것두 일본말을?

순남   지들끼리 하는 말을, 내가 듣구 물어봤지. 그게 무 슨 말이냐고. 아니라고는 하는데 영 신경이 쓰여서 말야.

끝순   없는 소릴 했겠어요?

순남   애들 말을 다 믿을 수야 있나.

끝순   벙어리두 아닌데 왜 벙어리 행세를 할까?

순남   아직 확실하진 않잖아.

끝순   그러니까 확실히 해 둬야죠. 이제 오늘내일이면 기 차를 타게 될 텐데…….

순남   그래두 남의 짐을 맘대루…….

끝순	이젠 남이 아니니까 그러죠. 기차를 타두 한패루 타구, 검사를 받아두 한패루 받게 되는데, 우리 중에 하나라두 문제가 있으면, 한꺼번에 발목을 잡힐지도 모른다잖어요.
순남	빨리 해. 가슴 떨려 죽겠네.
끝순	말이 그렇지, 증명서 없다는 게 츰부터 수상쩍기두 하구.
순남	그건 영호 총각이 해결하기루 했지 않어?
끝순	그것두 나는 영 찜찜해요. 말하자면 그것두 눈속임인데…… 그러다 트집이래두 잡히면 어쩌려구……. 생각해 보세요. 우리가 얼마나 기다렸어요? 만에 하나 기차를 못 타게 되면…… 중도에 떨어지기라두 하면…… 아유, 그건 생각하기두 싫어요.
순남	찜찜하기로는 선년가 하는 그 여자가 더 찜찜하잖어?
끝순	(짐을 뒤지다 한숨을 내쉬며) 그러게 말이에요.

장 씨가 열에 들떠 앓는 소리를 낸다.

순남	선녀는 어디 간 거야?
끝순	약을 구하러 간대나, 의사를 구하러 간대나 나갔는데…….
순남	이거 무슨 냄새야?
끝순	네?

두 여자, 코를 킁킁거리며 냄새의 진원지를 찾다가 장 씨 근처에서 코를 싸쥔다.

끝순   아이구!
순남   저거 아무래두…….
끝순   그렇죠?
순남   세상에.
끝순   틀림없어.

두 여자, 장 씨로부터 멀찌감치 떨어진다.

순남   큰일났네.
끝순   어떡허죠?
순남   애들한테 옮기기라두 하면……!
끝순   벌써 옮았으면 어떡해요? 장질부사가 돌아서 벌써
        여럿이 죽었다는데!
순남   엎친 데 덮친다더니!
끝순   어떡해요, 네?
순남   일단 사람들을 불러와서…….

순남과 끝순, 문밖으로 달려 나가려다,
풀어 헤쳐진 명숙과 미즈코의 짐을 본다.

순남   아유, 저거, 저거!

순남과 끝순, 다시 돌아와 짐을 다급하게 챙겨 넣는다.

순남   지금 이게 문제가 아니네, 세상에!

순남, 문득 미즈코의 이불 속에서 무언가 이상한 감촉을 느
낀다.

순남   응? 이게 뭐야?
끝순   뭔데요?
순남   뭐가 들었는데?

순남, 이불을 더듬어 보다가 호청을 찢어 안에 든 것을 꺼
낸다.
한 마리의 구렁이처럼, 화려하게 수놓은 오비(기모노에 두르는
띠)가 순남의 손에 딸려 나온다.
두 여인, 잠시 말을 잃은 채 오비를 들여다본다.

끝순   이럴 줄 알았어⋯⋯. 내 이럴 줄 알았어⋯⋯. 어쩐
       지⋯⋯!
순남   세상에!
끝순   요 앙큼한 것들이!

밖에서 인기척. 순남과 끝순, 재빨리 오비를 감춘다.
숙이와 철이, 그 뒤에 총을 멘 보안대원이 들어선다.

철이	엄마, 박선녀가 누구야?
순남	(숙이와 철이를 제 뒤로 세우며 보안대원에게) 무슨 일 루……?
보안대원	박선녀 여기 안 왔소?
순남	나가서 아직 안 들어왔는데요.
보안대원	숨기는 건 아니지?
순남	우리가 왜 숨기겠어요. 그 여자는 왜?
보안대원	아편을 팔구 다니는 걸 붙잡았는데, 이 웃기는 여자 가 도망을 쳤네?
끝순	네에?
보안대원	참 나, 지금 때가 어느 때라고. 이거 다 한 패거리 아 냐?
순남	세상에! 무슨 그런 말씀을! 우린 꿈에두 몰랐어요, 그 여자가 그런 여잔 줄은!
끝순	알았으면 가만 놔뒀겠어요?
보안대원	그 여자 짐이 어느 거요?

순남과 끝순, 장 씨 근처에 있는 선녀의 짐을 가리킨다.
보안대원, 선녀의 짐을 풀어 헤쳐 뒤진다.

보안대원	(짐을 뒤지며) 아이구, 이거 무슨 냄새야. 거 좀 치우구 들 살지……. 딱 잡아 놓구 보니, 이건 아편을 팔기만 한 게 아니구, 지가 아주 아편에 절었던데……. 이러 구 같이 지내면서 몰랐다는 게 말이 되우?

끝순	모르죠, 그걸 어떻게 알아요. 우리가 아편을 해 본 것두 아니구.
순남	예에. 그냥 여편네가 좀 괄괄하구 별나다 싶었지, 이런 줄은 꿈에두…….
보안대원	(선녀의 짐에서 나온 지폐며 시계, 금붙이 들을 한쪽으로 따로 챙기며) 아주 재미좋았네, 이 여자. 거 당신네들도 (시계, 금붙이를 가리키며) 이런 거, 어차피 짐 검사하면 다 압수당하니까, 못 들고 간다구. 그러니까 있으면 다 내놔요.
끝순	그런 게 어딨어요, 우리가.
보안대원	싹 다 뒤져 봐?
순남	먹구 죽을래두 없어요.
보안대원	말은……. (시계는 팔에 차고 금붙이는 주머니에 챙겨 넣으며) 아편이야 이런 데 두구 다닐 리가 없지, 그 여우 같은 것들이, 다 몸에 차구 다니지. 그거 빨리 잡아야 되는데, 쯧! 시국이 어지러우니까 별 잡것들이 다 설치구. (순남과 끝순에게) 거 짐들 좀 싹 다 이리 가져와 보슈. (장 씨를 흘끗 보고) 이 양반은 이거 왜 이래?
끝순	글쎄…….
순남	(끝순의 말을 가로막으며) 좀 아픈가 봐요.
보안대원	이거 장질부사 아냐?
순남	아니, 그게…….
보안대원	(펄쩍 뛰듯 물러서며) 이거…… 맞는데?

장 씨, 힘겹게 모로 돌아누우며 일어나려 애쓴다.

뭐라 중얼거리며 엎드린 채 문간 쪽으로 기어가려 한다.

그러나 그 자리에서 몸을 조금 꿈틀거렸을 뿐이다.

사람들은 주춤주춤 멀리 물러선다.

장 씨의 그 모양은, 자신은 장티푸스 환자가 아니라고 항변하는 듯도 하고, 저 스스로 구제소 밖으로 나가려는 것 같기도 하다.

보안대원   이걸 여기다 두면 어떡해? 다 죽고 싶어? 얼른 들어내, 밖으로! 에이!

보안대원, 서둘러 밖으로 나가 버린다.

여자들과 아이들, 꿈틀거리다 잠잠해진 장 씨를 경악에 찬 얼굴로 건너다본다.

이윽고 기차역에 나갔던 사람들(만철과 이 노인, 원창, 명숙과 미즈코)이 돌아온다.

다들 기쁨에 한껏 들떠 있다.

이 노인   참말, 내일은 기차를 탄다 이 말이지?

만철   (원창이 들고 있는 서류를 가리키며) 이거 보세요! 표까지 딱 받았잖아요.

명숙   어디 좀 봐요!

이 노인   (명숙과 함께 원창의 손에 들린 승차권을 들여다보며) 참말이네!

만철 자, 다들 이게 뭔지 보세요! 이것이 무엇이냐! 이게 바로 안둥까지 가는 기차표, 승차권이다 이 말씀입니다!

만철, 굳은 표정으로 서 있는 순남과 끝순, 아이들을 본다.

만철 응?

만철과 나머지 사람들도 바닥에 엎드려 있는 장 씨를 본다.
무대, 급격히 어두워진다.

13

서서히 밝아지면 구제소 안에 선녀와 장 씨를 제외한 사람들
이 모여 앉아 있다.

장 씨는 구제소 밖, 어둠 속에 자신의 짐과 함께 이불을 덮은
채 혼자 누워 있다.

구제소 안에서는 사람들이 말없이 제각각 피난짐들을 점검
하고 그동안 풀어 놓았던 짐들을 다시 단단히 꾸리고 있다.

장 씨와 선녀의 자리는 이가 빠진 듯 비어 있다.

숙이와 철이는 순남과 원창 곁에서 잠들어 있다.

짐을 꾸리느라 부스럭대는 소리뿐, 긴 침묵이 이어진다.

만철   얼마나 걸릴까요, 안둥까지는?

원창   글쎄, 예전 같으면 하룻밤 길인데.

만철   아무래두 그렇게 빨리는 못 가겠죠?

원창   아무래두 그렇겠지.

만철   비적 떼나 불한당 패들이 몰려다니면서 패악질이 심
       하다던데.

이 노인   조선 사람 보안대원들두 따라간다지 않아?

만철   그거 뭐, 스무 명이나 될까 말까 한 걸루, 어떻게 막
       아요? 피난민은 거진 2000명이나 타구 가구, 불한당
       이나 비적 떼들이 수백 명씩 한꺼번에 총질을 하면

서 달겨들면······.

원창　　그런 일 당하면 뭐, 도리없지.

이 노인　그래두 가야지, 어쩨. 운에 맽기는 수밖에.

원창　　공주령, 사평, 봉천, 궁원 이런 큰 역들이 제일 위험
　　　　하답니다. 궁원까지만 별일 없으면 거기부터 안둥까
　　　　지는 안심인데.

이 노인　안둥에 도착하구서는?

원창　　나루터루 나가서 나룻배를 타구 압록강을 건너야
　　　　한답니다.

이 노인　그것두 큰일일세.

사내들의 대화가 이어지는 동안에(동시 진행), 짐을 꾸리던 미
즈코는 자신의 짐에 이상이 생겼음을 알아차린다.
미즈코 당황하여 이불을 황급히 더듬어 보다가, 뜯긴 홑청을
보고 정신이 아득해진다.
잠시 멍하니 앉아 있는 미즈코.
끝순과 순남이 미즈코를 흘끗 쳐다본다.
이상한 낌새를 느낀 명숙이, 왜 그러느냐고 묻는 듯한 눈길
로 미즈코를 바라본다.
미즈코, 아득하고 쓸쓸한 얼굴로 명숙을 건너다보다가 아무
것도 아니라는 듯 고개를 젓는다.
미즈코, 이불을 들고 조용히 자리에서 일어선다.
끝순과 순남, 그 모양을 유심히 지켜본다.

명숙	왜?

미즈코, 말없이 구제소 밖으로 걸어 나간다.

명숙	어디 가? (알아차리고 자리에서 일어서며) 야, 내가 갈게. 넌 가만히 있어. 응……?

미즈코, 듣지 않고 구제소 밖으로 나와 장 씨가 누워 있는 곳으로 걸어간다.

명숙	저기, 어떻게…… 조금씩 갹출이라두 해서, 여관에 라두…….

다들, 말이 없다.

명숙	멀쩡한 사람두 아니구 병자를, 저렇게 한데서…….
끝순	누군 안 그러구 싶나.
순남	여관에서 저런 병자를 받아 주겠어? 다른 병두 아니구.
끝순	안됐지만 할 수 없잖아.
이 노인	마누라는 그 지경이 돼 버렸으니.
끝순	(혼잣말로) 마누라는 무슨.

명숙, 하릴없이 밖으로 나가 장 씨와 미즈코 있는 쪽으로 걸

어간다.

미즈코는 장 씨에게 이불을 덮어 주고 물을 먹여 주고 있다.

명숙은 미즈코 곁에 쭈그리고 앉는다.

끝순   영호 총각은 어디 가서 안 오는 거야?

만철   글쎄, 사무소에 볼일이 좀 있다고 가던데.

끝순   저 벙어리 처녀 문제는 잘 해결된 거야?

만철   응. 근데 벙어리가 뭐야? 이름 놔두고. 미숙이랬지?
        아니 이제 영자구나.

끝순   (코웃음치며) 영잔지, 미숙인지, 벙어린지 두구 보면
        알겠지.

만철   뭔 소리야?

영호가 돌아온다.

어딘지 모르게 흥분하여 상기되어 있다.

얼굴에도 작은 생채기가 나 있다.

만철   왜 이렇게 늦었어?

영호   으응, 여기서 알구 지내던 사람하고 인사도 좀 하구,
        또, 마지막으루 우리 영자도 한번 보구…… 그러느
        라구.

만철   마지막은 무슨.

영호   언제 올지 모르잖아.

끝순   얼굴이 왜 그래요?

영호　네? 으응, 술 한잔했죠.

끝순　아니, 피 나는데?

영호　응? (그제서야 얼굴을 만져 손에 묻어나는 피를 보고) 아, 이거? 언덕에서 내려오다 굴렀어요. 발을 헛디뎌 가지구…… 어두워서.

순남　조심해야지. 이제 먼 길 가는데.

끝순　다른 데 다친 건 아니구?

영호　네, 괜찮아요. (명숙과 미즈코를 찾으며) 어디 갔어요?

원창　밖에…… 장 씨한테.

영호　아아…… 선녀 아주머니는?

순남　모르지, 어디루 갔는지.

이 노인　(혀를 차며) 딱허기야 참 딱헌 노릇인데, 다른 방법이 없네……. 하늘에 맡기는 수밖에는.

영호가 나가 보려는데, 명숙이 돌아온다.

영호　미숙이는?

만철　이제 영자지.

명숙　조금 더 있겠다구.

영호　아저씬 좀 어때요?

명숙　정신이 들었다 나갔다 하는 모양이에요.

이 노인　이겨 내야 할 텐데.

명숙　이불을 덮어 주긴 했는데, 그래두 밖은 춥죠, 이제 11월이니까.

끝순 그렇다고 안에 들일 수는 없잖아.

사이.

끝순 저기…….

순남 (서둘러 말을 끊으며) 그만들 잡시다. 조금이라두 자 두어야지. 낼 새벽같이 기차역에 나가야 하니까…….

만철 잠이 올까 모르겠네.

영호 벌써 기차역에 나와서 자는 사람들두 있더라구.

끝순 일찍 나가면 뭐 해요, 기차를 타야 타는가 부다 하는 거지. 무슨 일이 있을지 누가 알아요? 저기…….

순남 그만해. 가뜩이나 다들 속두 시끄러운데, 공연한 걱정할 거 있어?

끝순 공연한 걱정요?

순남 끝순아.

끝순 이게요?

끝순, 미즈코의 '오비'를 사람들 앞에 펼쳐 던진다.

순남 아유, 그 참…….

사람들, 어리벙벙하여 오비를 바라본다.

만철	이게 뭐야?
끝순	그거야 언니가 잘 알겠지. 동생이 왜 이런 걸 갖구 다니는지.
명숙	그게 내 동생 짐에서 나왔다구?
끝순	그래.
명숙	도대체 걔는 무슨 생각으루 이런 걸…… 아니 근데 너, 왜 남의 짐을 함부로 뒤지는 거야!
끝순	뒤질 만하니까 뒤졌지!
명숙	뒤질 만해? 네가 뭔데!
만철	아니, 이러지들 말구…….
영호	어디서 주웠나 보죠.
만철	그래, 일본 사람들한테서 샀을 수도 있고.
끝순	이런 걸 돈 주구 사? 얻다 쓰려구!
명숙	내가 걔 속을 어떻게 알아!
끝순	흥, 저 잡아떼는 것 좀 보라지.
명숙	뭐야?

사이.

순남	이 오비가 이거 아무리 봐두, 여염집 여자들이 하는 건 아니구…… 기생들이 하구 다니는 오빈데…….
명숙	아주머니가 그런 것두 알아요?
순남	좀 알지.
끝순	에이, 더러워. 아니, 이 더러운 걸 말야, 무슨 신주 단

지처럼, 보물 단지처럼, 응? 이불 홑청 속에다가 아주 꿰매 가지구 꽁꽁 숨겨 들구 대니는 심사가 뭐냔 말이야, 응? 내일 기차역 가면 짐 검사부터 할 텐데, 누구 발목을 잡으려구 그런 걸 넣구 대녀!

명숙   버리면 되잖아, 버리면!

명숙, 오비를 낚아채 들고 밖으로 나가는데, 들어오는 미즈코와 마주친다.

명숙   너는 왜 이런 걸! 너 미쳤어?

미즈코, 말없이 명숙 손에 구겨진 채 들린 오비를 바라본다.

명숙   (오비를 미즈코에게 거칠게 건네며) 얼른 갖다 버려! 태워 버려!

미즈코, 오비를 받아 들고 고개를 푹 숙인 채 움직이지 않는다.

명숙   얼른!

미즈코, 밖으로 나가려는데 끝순이 불러 세운다.

끝순   가만 있어 봐. 지금 그 오비가 문제가 아냐.

명숙	버린다잖아, 태워 버린다잖아!
끝순	(미즈코에게) 너 명숙이 동생 아니지?
명숙	지금 무슨 소릴 하는 거야?
끝순	벙어리라는 것두 순 거짓부렁이지?
명숙	끝순이 너, 미쳤어?
끝순	너…… 일본 년이지?

사이.

명숙	아무리 내 동생이 말을 못한다구, 이렇게 함부로 해 두 되는 거야? 일본 년이라니, 일본 년이라니!
끝순	난 쟤한테 물어봤어. 말해 봐. 아니라면 말을 해 보라구.
명숙	얘가 어떻게 말을 해!
끝순	말을 못해?

끝순, 자고 있는 숙이와 철이에게로 가서 두 아이를 흔들어 깨운다.

끝순	숙아, 철아, 말해 봐.
숙이	(잠이 덜 깨어) 네에?
끝순	느이들, 저 여자가 말하는 거 들었어, 못 들었어?
숙이	누구?
끝순	(미즈코를 가리키며) 저 여자!

숙이   ······몰라요. 전 그런 거.

끝순   들었다고 했잖아.

숙이   그런 적 없어요.

끝순   거짓말하면 안 돼.

숙이   지, 진짜예요.

끝순   철이 너, 들었지?

철이   (아직도 어리벙벙한 채로) 에?

끝순   저 여자가 말하는 거.

철이   (도리질을 한다.)

만철   아니라잖아.

끝순   당신은 가만 있어. (철이에게) 그럼 왜 그런 얘길 했
       어?

철이   난노 하나시?(무슨 얨기?)
       何の 話

순남   느이들이 그랬잖니. 미숙이가 말을 한다고, 일본말을.

철이   이에, 이에!(아니에요, 아니에요!)
       いいえ いいえ

끝순   바른대루 말해야 돼. 안 그러면 기차두 못 타구.

철이   으응?

끝순   서울두 못 가구, 평생 여기서 살아야 한다.

철이   고코데?(여기서?)
       ここで

끝순   소오다요! 이쇼!(그래! 평생!)
       そうだよ   一生

철이   이쇼? 야다, 야다!(평생? 싫어, 싫어!)
       一生   やだ やだ

숙이   아니라니까요! 잘못 들은 거예요!

끝순   무얼 듣긴 들었구나. (철이에게) 말해. 들었지, 저 여자
       가 말하는 거?

사이.

끝순   어서!

철이   聞いた
       키이타.(들었어.)

순남   조선말로!

철이   들었어.

사내들, 조용히 놀란다.

명숙과 미즈코는 어찌할 바를 모르고 서 있다.

끝순   뭐라고 했어? 저 여자가 뭐라고 하디?

철이   大丈夫よ   ゆうこ   お食べ   お食べ
       "다이죠부요, 유코······ 오다베······ 오다베······
       大丈夫よ
       다이죠부요."("괜찮아, 유코······ 먹어······ 먹어······
       괜찮아.") 유코한테 떡을 주면서 그랬어.

끝순   유코?

순남   우리 이웃집 살던 일본 애야.

끝순   또?

철이   자다가 그랬어. "아······ 이따······ 이따이······."

사이.

철이   이제 기차 타? 서울 가?

숙이   (낮게) 바카!

끝순   (사람들에게) 조선 사람두 일본말 할 수 있죠. 그렇다

쳐요. 그래두 잠꼬대까지 일본말루 하는 조선 사람은 없겠죠! 안 그래요?

미즈코, 바닥에 몸을 던져 엎드린다.

| 미즈코 | 스미마센, 혼토니 스미마센!(죄송합니다, 정말 죄송합니다!) |

미즈코　스미마센, 혼토니 스미마센!(죄송합니다, 정말 죄송합니다!)

끝순　츰부터 이상했어. 이상한 냄새가 났다구. 몸 놀리는 거며, 웃는 거며.

순남　(명숙에게) 아니, 알 수가 없네……. 도대체 왜? 어쩌려구?

사람들 모두 묻는 듯한 눈길로 명숙의 답을 기다린다.

명숙　같이 가려구요.

끝순　같이 가? 일본 년하구?

명숙　얘는 내 동생이나 다름없어요.

끝순　동생이나 다름없다? 그럼 너는? 너, 조선 여자가 맞긴 맞아?

명숙　글쎄, 모르겠네. 조선이구, 일본이구 난 모르겠구…….

끝순　세상에, 말하는 것 좀 봐요!

명숙　어쨌든, 난 이 애하구 함께 가야 해.

이 노인　아니 왜 해필, 다른 인종두 아니구 왜년의 것을…….

만철	무슨 사정이 있겠지요.
이 노인	사정이 있대두 그렇지.
끝순	사정이구 뭐구 우린 알 것 없구요. 아무튼 안 돼. 우리하고 일본 년이 같이 갈 순 없는 거라구. 절대.

명숙, 조용히 무릎을 꿇는다.

명숙	제발, 이렇게 부탁드립니다. 한 번만 눈감아 주세요. 들키지 않게 조심할게요.
끝순	벌써 이렇게 들통이 났잖아!
명숙	내가 단속을 잘할게.
끝순	들키구 안 들키구가 문제야, 지금? 아니 왜 다들 가만있어요? 꿀 먹은 벙어리들처럼? 나만 나쁜 년 만들지 말구, 뭐라구 말들 좀 해 보라구요!
만철	이거 참, 어떡허죠, 구 선생님?

원창은 고개를 돌리고 입맛만 다신다.
이 노인이 두서없이 입을 연다.

| 이 노인 | 아무리 피난지에 스쳐 지내가는 인연이래두, 두 달이 넘게 한 지붕 아래서 한솥밥을 먹구, 신세두 졌다면 졌다 헐 이 마당에, 이런 얘기를 허는 것이 참 당황시럽구 또 뭐 참, 야박헌 노릇이기는 허지만은……. |

끝순	아버님!
이 노인	아니 글쎄, 몰랐대면 몰라두, 이제 알아 버린 다음에 야, 그냥 없던 일루 허기두 그렇구 말이지.
끝순	그럼요. 없던 일이 될 순 없지요!
이 노인	아니 글쎄, 차라리 츰부터 솔직허니 얘기를 했으문 은 또 그대루 차분히 생각을 해 봤을 것이지만, 아닌 밤중에 홍두깨두 아니구, 낼 떠나는 마당에 이런 일 이 터지구 보니, 경황두 없구 이거…… 그러게 사람 이 거짓말을 해서는 좋을 것이 없어, 음. 츰부터 솔직 허니 얘기를 했으문 또 모르지만. 암, 목에 칼이 들우 와두 남을 쇡일라구 들어서는 못 쓰지. 다 드러나게 되거든. 하늘이 알구 내가 알구 땅이 아니까, 음.
끝순	(답답해서) 조선 년이구 일본 년이구를 떠나서. 설사 저게 일본 년이 아니라구 해두, 이렇게 눈 하나 깜짝 안 허구, 우릴 감쪽같이 속인 사람들을 응? 어떻게 믿구, 그 먼 길을 같이 가난 말이에요? 믿을 만한 사 람들하고 가두 갈까 말까 한 길을!

사이.

영호	솔직하게 얘기했으면 받아 줬을 겁니까?
끝순	아니 영호 총각은 무슨 얘길 하고 싶은 거야?
영호	거짓말을 하고 싶어 했겠어요?
끝순	아니……!

순남   (끝순을 제지하며) 그래, 거짓말이야 다급하니 할 수 없이 한 거라고 이해할 수 있지. 그건 이해한다 쳐 도…….

영호   같이 데리구 갑시다. 제가 책임질게요.

끝순   책임져? 영호 총각이 어떻게?

영호   제 동생 이름으로 표도 받아 놨으니까, 제가 책임 지고.

이 노인   아, 자네가 저 처녀들하고 따로 간다, 이 말이야?

만철   따로는 못 가요. 표를 우리 다 한목에 끊어 놔서.

원창   예, 안동까지는 다 같이 움직여야 합니다. 표 검사를 다 같이 받아야 하니까.

만철   에이, 골치 아파.

끝순   뭐가 골치 아파? 간단한 걸.

만철   아니, 솔직히 저 처녀들이 우리한테 잘했으면 잘했 지, 잘못한 건 없잖아? 그냥 눈 딱 감고 모른 체하 면 그만 아녜요? 암만 해두 난 너무 야박헌 거 같애 서…… 이젠 배두 제법 불렀고…….

끝순   배 부른 소리 하구 있네! 우리가 지금 남 걱정할 때 야? 그리구 저게 어떤 놈의 씬 줄 알구? 보나마나 왜 놈의 씨지! 말해 봐. 학도병이구 부산이구 어쩌구두 다 거짓부렁이지?

만철   (명숙에게) 그래?

명숙   …….

끝순   영호 총각, 생각해 봐. 우리들이 누구 때문에 이 고

생을 하구 있어? 누구 때문에 여기 만주까지 밀려나
서, 죽두룩 고생을 하다가, 죽구, 패구, 겨우겨우 살아
남어서 죽자사자 이러구 돌아가는데? 영자가 누구
때문에 죽었는데? 그게 다 누구 때문이야? 일본 놈
들 때문 아냐? 그런데 저걸 왜 영호 총각이 책임져?

순남　그리구, 야박허냐 아니냐를 떠나서 이건 우리가 좀
생각해 볼 필요가 있죠. 지금 조선 사람 피난민들두
기차를 다 못 타구, 떨어져서 아우성을 치는 사람들
이 부지기순데, 자리는 적구 그나마 있는 자리라면,
한 사람이래두 더 조선 사람들을 태우고 가야 사리
에 옳지, 이 지경에 다 우릴 몰아넣은 일본 사람을
태우는 게 옳은 일이냐 이겁니다.

끝순　옳지 않죠! 말도 안 되는 소리죠! 저것 때문에 열차
에 못 탈 사람을 생각해 보라구요!

사이.

만철　구 선생님이 반장님이시니까, 어떻게 좀 정리를 해
주세요.

원창　글쎄요. 저야 뭐 여러분들 의견을 따를 수밖에 없는
데…….

끝순　저는 분명히 말씀드렸어요! (순남에게) 언니두 그렇
죠?

사이.

원창   사실 처음부터 눈치는 채고 있었습니다만……

끝순   아니 근데, 왜 가만 계셨어요?

원창   이런 점은 있지. 물론 벌 받을 놈들은 벌을 받아야 겠지만, 일본 사람들이 밉다구 해서 그 사람들 씨를 죄 말리자구 들 수야 없는 노릇이다 이거죠. 일테면, 우리가 타구 가는 기관차 운전수도 일본 사람이 거든요? 조선 사람 운전수는 거의 없으니까요. 역장들두 마찬가지고요. 그 사람들이 없으면 우리는 조선으로 못 갑니다. 속상한 노릇이지만 할 수 있습니까? 결국은 같이 살 수밖에 없고, 같이 살아야 하는데…….

이 노인   거 무슨 말씀이우? 왜놈들하구 같이 살아야 한다구? 독립이 됐는데두?

원창   아, 제 말씀은 물론 즈이들 땅으로 돌아가죠, 돌아가는 중이구요.

만철   그래서 어떡허자는 말씀이세요?

원창   물론 여러분들 의견을 들어 결정하겠지만, 일단 들어 보자는 겁니다.

끝순   무얼요?

원창   우리가 왜 저 일본 여자를 데리고 가야 하는지, 우리가 납득할 만한 이유가 있는지 말입니다.

끝순   들어 보나 마나지! 또 실실 거짓말만 할 텐데요, 뭐!

만철	좀 가만있어 봐.
이 노인	그래, 명숙이. 자네가 지금이라두 저 여잘 떼어 놓구 혼자 가겠다면, 길게 얘기헐 것두 없지. 다 없던 일루 하구 같이 가면 돼. (사람들에게) 그렇지?

사람들, 침묵으로 마뜩잖은 동의를 표한다.
사람들은 말없이 명숙의 대답을 기다리는데, 순남이 나선다.

순남	아, 저기 그게…….
원창	왜?
만철	명숙이 혼자 간다면 같이 갈 수 있는 것 아니에요?
순남	그렇게 간단하게 생각할 문제는 아닌 것 같아. 우린 명숙이가 누군지, 어떤 사람인지 전혀 모르잖아.
끝순	순 거짓부렁이었으니까!
순남	조선 사람이라구 다 믿을 수 있느냐 이거예요.
끝순	그럼요! 왜놈하고 붙어먹은 부역잔지 밀정인지, 죄를 숨기구 달아나는 사람인지 알 게 뭐예요?
순남	어디서 뭐 하던 사람인지도 모를 사람을, 우리 패에 끼웠다가 말썽이라두 나면…… 아까 선녀 일두 봐요. 아유, 막 총을 대구 들이닥치는데, 얼마나 놀랐던지!
끝순	떳떳하고 깨끗한 사람들끼리 가두, 괜히 죄진 것처럼 가슴이 벌렁거리는데.
순남	(명숙에게) 그러니까, 우린 알아야겠어. 어디서 뭐 하

던 사람들인지, 둘이 어떻게 만났구, 무슨 관계길래
이러는지.

원창 　내가 말한 이유란 게 그거잖아.

끝순 　(명숙에게) 말해. 눈곱만큼이래두 거짓이 있어서는
안 돼.

미즈코가 입을 연다.

미즈코 　아리마센.(없어요.)
　　　　<small>ありません</small>

명숙 　미즈코.

미즈코 　소오시나캬 나라나이 리유와 아리마센.(그래야 할
　　　　<small>そうしなきゃ　　ならない　　理由は　　ありません</small>
이유는 없어요.)

명숙 　넌 가만히 있어!

미즈코 　면스끄와 나니모 와르끄 아리마센. 와따시가 무리
　　　　<small>ミョンスクは　何も　悪く　ありません　私が　無理を</small>
오 잇단데스. 오소로시끄떼, 고와끄떼, 지분노 꼬또
<small>言ったんです　恐ろしくて　怖くて　自分の　こと</small>
시까 강가에떼마센데시따. 메이와끄와 오까께시떼
<small>しか　考えてませんでした　迷惑　をおかけして</small>
스미마센. 도오까 유루시떼 끄다사이.(명숙이 잘못
<small>すみません　どうか　許して　ください</small>
은 하나도 없어요. 제가 졸랐던 거예요. 무서워서, 겁
이 나서, 제 생각만 했던 거예요. 폐를 끼쳐 죄송합니
다. 용서해 주세요.)

미즈코, 제자리로 가서 오비를 조심스럽게 개어 넣고 자신의
짐을 챙기기 시작한다.

명숙, 잠시 그 모습을 바라보다가, 미즈코 곁으로 가서 자신

도 짐을 싸기 시작한다.

미즈코 면스끄, 야메떼. 와따시 히또리에 이꾸와.(명숙, 이러지 마. 나 혼자 갈 거야.)

명숙 바보 같은 소리 하지 마.

미즈코 니혼진와 니혼진 도오시, 간꼬꾸진와 간꼬꾸진 도오시, 소레조레노미치오 이꾸노.(일본인은 일본인대로, 조선인은 조선인대로, 제 갈 길로 가는 거야.)

명숙 이 바보야, 아직도 모르겠어? 닌겐쟈나이! 모노난다요, 스테라레타모노!(사람이 아냐! 물건이야, 버려진 물건!)

사이.

영호 저 명숙 씨. 꼭 그럴 것까진 없잖아요.

명숙 뭐가요?

영호 명숙 씨는 우리하고 같이 갈 수 있잖아요. 말해 봐요, 도대체 왜 이러는 건지.

명숙, 짐 싸던 손을 멈추고 잠시 영호를 건너다본다.
명숙, 결심한다.

명숙 산통 다 깨졌는데, 구질구질하게 뭘 더 얘기하라는 거야?

145

영호 네?

명숙 까짓 거 같이 안 가면 그만 아냐?

영호 아니 명숙 씨…….

명숙 왜? 나랑 같이 가고 싶어?

영호 아니 뭐…….

명숙 내가 좋아?

영호 나한테 왜 이래요?

명숙 너 내가 어떤 여잔지나 알구 그러니?

영호 마음 상한 건 알겠는데, 그렇게 극단으루만 나갈 게 아니라…….

명숙 극단으루 나간 게 누군데?

영호 사람들이 걱정하는 게 좀 지나치지만 아주 일리가 없는 것두 아니구, 이해를 해 주셔야지…….

명숙 이해해요. 이해하고 말고요. 그래서 우리끼리 간다 잖아요! 골칫거리는 없어져 줄 테니까, 속 편히들 가 세요, 가시라구!

영호 명숙 씨까지 떼 놓구 가겠다는 게 아니잖아요. 어쨌 거나 명숙 씨는 우리 같은 조선사람이니까, 알아듣 게 잘 이야기를 해서…….

명숙 알아듣게? 내가 얘기하면 알아들을 것 같아? 정말 알아듣게 얘기해 줘?

미즈코 <ruby>면스끄<rt>ミョンスク</rt></ruby>, <ruby>다메<rt>だめ</rt></ruby>. <ruby>잇자 다메<rt>言っちゃ だめ</rt></ruby>!(명숙, 그만해, 말하지 마!)

명숙 위안소.

146

사이.

명숙   거기가 뭐하는 덴 줄은 다들 잘 아시죠?

사람들, 아연실색하여 명숙을 바라본다.

명숙   치치하얼, 거기 우리가 마지막으로 있던 위안소가
         있었어요. (사이) 그래요, 거기서 우린 함께 일을 했
         어요. 전선을 따라 여기서 저기로 옮겨 다니면서, 대
         동아공영의 성전에 나선 병사들을, 하루에도 스무
         명, 서른 명씩 위로해 줬어요.
미즈코   면스끄……
명숙   아편을 맞아 가면서, 병에 걸려 가면서, 애를 긁어내
         면서.

사이.

명숙   됐어요? 이제 다들 속이 시원해요? 가고 싶어서 간
         건 아니었어요. 도망쳤지만 소용없었어요. 하지만 그
         런 걸 말해 봐야 무슨 소용이 있겠어? 어차피 이 아
         인 '왜년'이구, 나는 '왜놈들하고 붙어먹은 년'일 텐
         데. 같이 갈 수는 없는 거죠. 잘 알고 있어요.

무거운 침묵이 흐른다.

영호	난 당신을 데려갈 거예요. 버리지 않을 겁니다. 여러분이 이 여자들을 두고 간다면, 나도 남겠습니다. 이 여자들하고 함께 가겠습니다.
순남	아니, 영호 총각이 왜?
영호	우린 모두 고통을 겪었어요. 더러운 진창을 지나온 겁니다. 지옥을 건너온 거예요. 다들 그을리고 때에 전 건 마찬가지예요, 정도가 다를 뿐이죠. 진창에 더 깊숙이 빠진 게, 더 새까맣게 그을린 게, 이 여자들 잘못은 아니잖아요? 우린 이 여자들이 그럴 수밖에 없었던 처지를 이해해 줘야 합니다. 운이 나빴을 뿐이에요. 어쩌면 우리 대신, 지독히도 운이 나빴던 거죠. 그런데 다시 저 여자들을 진창 속에 밀어넣구 가자구요? 우리가 씻어 줘야죠. 그 고통을. 지옥에서 건져 내야죠.

사이.
명숙 잠시 낮게 웃는다.

명숙	우린 당신하고 같이 가지 않아.
영호	명숙 씨!
명숙	당신은 아무것도 몰라.
영호	내가 뭘 모른단 말입니까?
명숙	당신이 뭔데, 우릴 데려가구 버리구 한다는 거야? 씻어 줘? 우리가 더럽다구? 아니. 우린 더럽지 않아. 누

148

가 누굴 보고 더럽다는 거야! (사이) 이 아이도, 나도, 깨끗해. 더러운 건 우릴 보는 당신, 그 눈이지. 씻으려면 그걸 씻어야지. 하지만 아무리 씻어두 아마 안 될 거야.

영호   그게 무슨 말입니까? 내 눈이 더럽다니?

명숙   이해해 주겠다구? 이해한다구? 아니. 당신들은 절대 이해 못해. 그래, 우리는 지옥을 지나왔지. 아무런 죄도 없이 우리는 울고 웃었을 뿐이야. 어떤 지옥도 우리를 더럽히지는 못했어. 하지만 당신 앞에 서 있으면, 우리는 영영 더러울 거야. 그러니까 우리는 우리 대루 갈 거야.

영호   난 당신들을 도우려는 겁니다!

명숙   필요 없어요.

영호   그 일본 여자만 버리면 우린 같이 갈 수 있어요.

명숙   우린 지옥에 함께 있었어. 그 지옥을 같이 건너왔죠. 아무리 말해도 당신들은 그 지옥을 몰라. 아, 그렇지. 그래…… 가끔은 거짓말처럼, 꿈처럼 좋은 때두 있었어. 그건 정말 거짓말 같고 꿈같았지. (미즈코에게) 그 거짓말 속에두, 꿈속에두 미즈코 네가 있었어. 내 지옥을 아는 건 너뿐이야.

미즈코   면스ㄲ…….

명숙   뭐 세상이 끝나기라두 했니? 재수가 없었던 것뿐야. 이번 차를 못 타면 다음 차를 타면 되고, 기차를 못 타면 걸어가면 돼. 정 뭣허면 로스케라두 하나 꼬드

겨서 차를 얻어 타구 가지?

밖에서 누군가 가만히 문을 열고 고개를 내민다.

선녀다. 엉망이 된 몰골로 히죽 웃는다.

선녀 　그예 들통이 났군!

명숙 　눈물 나네. 그래두 서방이라구 찾으러 왔니?

선녀 　(절룩이며 구제소 안으로 들어서며) 어디 계셔?

명숙 　저 밖에서 다 죽어 간다.

선녀 　아직 죽진 않았지?

선녀, 얼른 짐을 챙겨 들고 절룩이며 밖으로 뛰어나가 장 씨

곁으로 달려간다.

명숙과 미즈코도 짐을 들고 자리에서 일어선다.

미즈코 　(허리를 깊이 숙여 절하며) 오세와니 나리마시떼 아
　　　　리가또 고자이마시따. 고온와와스레마센.(그동안 돌
　　　　봐 주셔서, 고맙습니다. 은혜는 잊지 않겠습니다.)

명숙과 미즈코, 구제소 밖으로 나간다.

선녀가, 장 씨를 깨워 일으키려 애쓰고 있다.

주춤주춤 따라 나온 사람들이 좀 떨어져 서서 여인들과 장

씨를 바라본다.

장 씨	어, 어…… 우리 마누라…… 선녀…… 선녀가 왔네…….
선녀	그래, 그래.
장 씨	아…… 아파…… 아파…….
선녀	조금만 힘을 써 봐, 자…….
명숙	어떡하려구?
선녀	빈집을 하나 봐 뒀어. 거기서 조섭을 해서 나아지면…….

선녀, 떨리는 손으로 품에서 주사기를 꺼내 팔뚝에 찌른다.
선녀, 사람들이 께름칙한 눈으로 바라보는 것을 느끼고, 고개를 들어 사람들을 향해 히죽 웃는다.

선녀	괜찮아요! 너무 걱정들 마세요! 내가 사주를 봤는데, 이 사람 명이 길다는구먼! 쇠심줄같이 질기구! 이 정도루 죽진 않아, 그럼! 내가 약도 구해 왔구. 한 며칠 잘 쉬면…….

선녀, 장 씨를 부축해 일으켜 세우려 하지만 힘이 부친다.
명숙과 미즈코가 거들어, 장 씨를 일으켜 세우고 곁에서 부축한다.
세 여인과 장 씨, 힘겹게 걸음을 옮기기 시작한다.

선녀	(사람들에게) 안녕히들 가세요! 네! 무탈허고 건강하

게 다들 고향에 돌아가시길 빕니다! 금방 나을 거예요. 금방 따라갑니다. 뭐 혹시래두 다시 만나게 되면, 힘들 때 얘기두 서루 하구, 네! 그런 날두 오겠지요! 그만 들어들 가세요!

영호 저기.

명숙, 뒤돌아본다.

영호 장춘 시내나 기차역에는 나오지 말구 다른 길루 가는 게 좋을 겁니다.

명숙 (묻는 듯한 얼굴로 바라본다.)

영호 그게, 최 주임…… 그 자식을 안 죽을 만큼 두들겨패 놨거든요. 역전에 못 나오게, 괜히 찍자를 부릴까봐…… 내일은 꼭 같이 갈 줄만 알구…… 미안합니다.

사이.
명숙의 얼굴에 가없는 회한이 잠시 서린다.

명숙 (그러나 이내 빙긋이 웃으며) 고마워요.

선녀와 명숙, 미즈코, 장 씨를 부축하여 느릿느릿 어둠 속으로 사라져 간다.
사람들, 우두커니 서서 그 모습을 바라본다.
사람들의 모습도 어둠에 잠길 때, 천천히 기차가 움직이기 시작하는 소리.

호루라기, 공포탄 소리, 요란한 가운데 밀려드는 피난민들의
아우성, 가족과 아는 사람들의 소재를 확인하느라 서로 이름
을 외쳐 부르는 소리.

이미 가득 찬 열차 찻간에서 타겠다느니, 더는 못 탄다느니
실랑이하는 소리.

이러한 소리들 속에서 사람들은 천천히 짐들을 이고 지고 빠
듯하게 모여 선다.

구제소를 표현하던 장치들이 하나 둘 흩어져 가고, 사람들이
검은 실루엣으로 무대 위에 서 있을 때, 마침내 길게 울리는
기적 소리와 함께 굉음을 내며 기차가 달려가기 시작한다.

14

사람들 사이에 선 숙이와 철이에게만 조명.

천천히 달려가는 기차 소리가 아득하게 배음으로 깔리고 아이들은 노래한다.

숙이/철이 이마와(今は) 야마나카(山中), 이마와(今は) 하마(浜),(지금은 산속, 지금은 해변,) "이마와(今は) 덱교(鉄橋) 와다루조토(渡るぞと)."("지금은 철교를 건너네.") 오모우(思う) 마모나쿠(間も無く) 돈네루노(トンネルの)(라고 생각할 틈도 없이 터널의) 야미오(闇を) 도옷테(通って) 히로노하라(広野原).*(어둠을 지나면 드넓은 들판.)

숙이 기차는 장춘을 떠나, 압록강변의 국경도시, 안둥을 향해, 안봉선 철길을 따라 천천히 달렸습니다.

철이 정거장마다 정거를 하고

숙이 걸핏하면 가다 서다

철이 어떤 때는 불빛 하나 없이 캄캄한 들 가운데, 오래도록 멈춰 서 있기도 했습니다.

숙이 걱정했던 비적 떼도, 불한당패도 다행히 맞닥뜨린

---

* 강인숙 『서울, 해방 공간의 풍물지』(박하, 2016), 20쪽. 지은이가 기차를 타고 피난 나올 때, 열차 지붕 위에서 불렀다는 기차 노래.

적은 없고,

철이   함부로 여자들을 끌어간다는, 눈이 파란 소련 군인들도 소문으로 듣던 것보다는 그리 행패가 심하진 않아서

숙이   무사히 안둥에 도착해 나루터에서 압록강을 건너 신의주로,

철이   신의주에서 다시 기차를 타고 남으로, 남으로

숙이   화차가 뿜어 대는 연기와 석탄 가루, 이슬에 젖어 새까매진 얼굴로 삼팔선을 넘었고,

철이   하아얀 디디티 가루를 흠빡 뒤집어쓴 채, 귀신 같은 얼굴로

숙이   우리는 서울에 도착했습니다.

사람들 머리 위로 하얀 가루가 쏟아진다.
사람들, 하나 둘 흩어져 나간다.
무대 위에는 숙이와 철이만 남는다.
초여름의 매미 소리.

숙이   그 이듬해부터 우리는 다시 학교에 다니기 시작했지만

철이   학교 다녀오겠습니다, 인사를 하고 집을 나와서

숙이   학교에는 가지 않았습니다.

철이   아이들은 조선말이 서툰 우리를 놀려 댔죠. 벌금도 내야 했어요.

숙이	서울역으로, 정동 길로, 광화문 앞으로, 덕수궁 돌담 길을 따라
철이	우린 그냥 걸어 다니다가 집으로 돌아가곤 했습 니다.
숙이	여름방학이 가까운 어느 날인가
철이	그날도 우리는 땡땡이를 치구 덕수궁 길을 따라 미 군정청 건물로 쓰이는 예전 부민관 앞을 지나가고 있었는데요.
숙이	미군 짚차가 하나 서 있구
철이	그 짚차 조수석에 여자 하나가 앉아 있었습니다.

무대 뒤편, 여자 하나가 나타난다.

숙이	머리에 스카프를 두르고
	하늘하늘한 원피스를 입고
	검은 썬글라스를 끼고
	빠알간 구찌베니를 바른 그 여자.
철이	우리가 보는 것을 알았는지 고개를 우리 쪽으로 돌 렸는데요.
숙이	까만 썬글라스 때문에 우리를 보는 건지, 어디를 보 는 건지는 알 수 없었지만,
철이	우린 웬일인지 가슴이 설레어서,
숙이	곧바로 고개를 숙이고 그 앞을 지나왔지요.
철이	뒤쪽에서 짚차에 시동이 걸리는 소리가 들렸습니다.

숙이	돌아보았을 때, 짚차는 서울역 쪽으로 달려가고 있었지요.
철이	그 여자의 스카프가 바람에 펄럭였습니다.
숙이	짚차는 태평로 모퉁이를 돌아가고,
철이	펄럭이던 스카프는 더는 보이지 않게 되었습니다.

폭포수처럼 쏟아지는 매미 소리.

철이	맞지?
숙이	…….
철이	그 여자.
숙이	…….
철이	이름이 뭐였더라?
숙이	…….
철이	생각 안 나?
숙이	……명숙이 언니.
철이	그리고,
숙이	미즈코.
철이	또 누가 누가 있었지?
숙이	장 씨 아저씨, 선녀 아줌마, 만철 아저씨, 끝순 아줌마, 이씨 할아버지, 영호 오빠, 그리고 또…….
철이	그 여자, 일본에 갔을까? 미즈코.
숙이	글쎄.
철이	유코는 아직도 장춘에 있을까? 내 소년 구락부도 아

직 거기 있을까?

숙이   가자.

철이   어디로?

숙이   어디든.

철이   조금만 더 쉬었다 가.

숙이   너무 한곳에 오래 서 있으면 안 돼.

철이   그만 집에 가면 안 돼?

숙이   학교 끝나려면 아직 멀었어.

철이   오늘은 일찍 끝났다고 하면 되잖아.

숙이   어제도 일찍 끝났다고 해 놓구서!

철이   계속 걸었더니 너무 힘들어. 덥고 배고프고.

숙이   벤또 먹었잖아.

철이   어! 벌금!

숙이   ……도시락.

철이   하아…….

숙이   왜?

철이   우린 뭐가 되려고 이러구 있을까?

숙이   (철이를 쥐어박는다.)

철이   마음이 말야.

숙이   마음이 뭐?

철이   아직두 장춘에서 기차를 기다리고 있는 것 같애.

숙이   가자.

철이   얼마나 더 걸어야 돼?

숙이   한 시간, 두 시간?

철이   아아!

숙이   가자.

철이   응.

숙이   가자니까!

철이   알았어.

숙이와 철이, 먼 곳을 응시하며 서 있다.

어두워진다.

어둠 속에서 뱃고동 소리.

항구에서 들려올 법한 여러 소음들.

서서히 밝아지면, 명숙과 미즈코가 바닷가에 서 있다.

눈부신 햇살이 쏟아지고 부드러운 바람이 불어온다.

햇살과 바람 속에서 그녀의 모습은 거짓말처럼 화사하다.

미즈코의 배는 남산만 하게 불러 있다.

미즈코   꼬꼬마데네?(여기까진가?)
         <small>ここまでね</small>

명숙   그래.

미즈코   도꼬니 까에르노?(어디로 갈 거야?)
         <small>どこに 帰るの</small>

명숙   …….

미즈코   잇쇼니 이까나이?(같이 가지 않을래?)
         <small>一緒に 行かない</small>

         사이.

미즈코   와따시 꼬와이.(무서워.)
         <small>わたし 怖い</small>

159

명숙	…….
미즈코	데모 이까나캬 나라나이노네?(그래도 가야겠지?)

명숙, 립스틱을 꺼내 미즈코의 입술에 발라 준다.

그리고 자신의 입술에도 바른다.

명숙	어때?
미즈코	기레이요.(예뻐.)
명숙	너도 예뻐.

두 여자, 서로를 바라본다.

바닷물이 철썩이고 갈매기가 울고 뱃고동이 길게 울린다.

두 여자, 눈부신 햇살을 올려다본다.

한껏 환해졌던 무대가 서서히 어둠에 잠긴다.

암전.

참고자료

소설	채만식, 「역로」「소년은 자란다」
	염상섭, 「삼팔선」
	김만선, 「한글강습회」「이중국적」「귀국자」「압록강」
	허준, 「잔등」
에세이	강인숙, 『서울─해방 공간의 풍물지』(박하, 2016)
	『셋째 딸 이야기』(곰, 2014)
연구서	윤명숙, 『조선인 군위안부와 일본군 위안소제도』(이학사, 2015)
	이안 부루마, 신보영 옮김, 『0년』(글항아리, 2016)
	한석정, 『만주 모던』(문학과지성사, 2016)

적
로

공연이 시작되기 전, 무대와 객석 사이에
발簾을 모티프로 한 막幕이 드리워져 있다.
이 막은 무대 전체를 가릴 필요는 없다.
그 너머 무대는 그 시절 예기藝妓들이 지내던
방妓房·內室의 전형적인 모습을 갖추어 놓는다.
화류장과 문갑, 옷장, 반닫이, 면경面鏡 등
세간살이들이 벽을 이룬다. 옻칠 위에
장식된 장석과 문양들이 잘 닦아 놓아
은은한 빛을 발한다. 그사이에 기대어 놓은
악기들(거문고, 가야금, 양금, 해금 등)이
이곳이 여엽집 아낙의 방은 아님을 알려 준다.
방바닥에는 보료가 깔려 있고,
둥그런 달 모양의 놋쇠 반사경이 달린
등촉이 하나. 구석에는 놋쇠로 만든 타구唾具와
요강, 재떨이가 놓여 있고, 서안書案에는
필묵과 벼루, 연적. 그 외 사군자 그림이나
서축書軸이 한 점쯤 걸려 있어도 좋다.
악사들은 무대 위에서 따로 자리를 잡아 줄
수도 있겠지만, 마치 옛 사진 속에서처럼,
이 방의 구석구석에 마치 정물처럼 자리 잡게
하는 것도 괜찮으리라.

1

1940년대를 풍미하던 스윙 재즈풍의 경쾌한 서곡과 함께, 공
연이 시작된다. 국악기와 양악기의 합주.

음악 1 서곡 ─ 「경성의 밤」, 1941(연주곡)

연주 사이에 악사들의 합창.

악사들　　네온은 반짝반짝
　　　　　곱구나
　　　　　경성이요,
　　　　　깊구나
　　　　　밤이로다.
　　　　　모단(modern)의 경성.

스윙 재즈의 리듬을 타고 종기와 계선 역의 배우가 꺼떡꺼떡
춤을 추며 무대와 객석 사이로 등장한다.
종기는 상투머리에 챙이 좁은 갓을 썼고, 계선은 짧게 깎은
맨머리다.
둘 다 두루마기를 차려입었다.
두 사람의 '아니리'가 음악과 함께 진행된다.

계선	이때가 어느 땐고?
	때는 1941년, 쇼와(昭和) 16년 경성이요.
	경성 부중에도 청계천변 어느 돌다리 위라.
종기	초가을 밤은 깊어 인적은 끊어지고
	휘영청 밝은 달에 하늬바람 불어온디
계선	중늙은이 두 사람이 멀거니 서 있구나!

악사들의 노랫소리가 솟아오른다.

악사들	달빛은 서리서리
	곱구나
	경성이요,
	깊구나
	밤이로다.
	모단의 경성.
	헤이, 헤이! 호! 호!
	모단의 경성.

종기	초저녁에 둘이 만나 이별주로 마신 술이
계선	아직도 성에 안 차 꺼떡꺼떡 건들건들
종기	다리 밑 풀섶에는 풀벌레가 찌륵째륵
계선	다리 위 난간에는 두 늙은이가 찌그락짜그락!

악사들	바람은 한들한들

곱구나

경성이요,

깊구나

밤이로다,

모단의 경성.

헤이, 헤이! 호! 호!

모단의 경성.

서곡이 끝난다.

곧바로 두 사람의 대화.

계선   참말로 가야겠소?

종기   몇 번을 말허냐.

계선   진도 가서 뭣 허실랴구?

종기   내가 뭐, 젓대 부는 것뱍이 더 있나?

계선   젓대야 여기 경성서 실컷 불면 되지!

종기   이거 봐 계선이.

        나두 인자 환갑 진갑 다 지내 노니,

        객지살이도 심에 부치고요,

        숨은 차고요, 기침은 나고요,

        차일피일 허다가는 암만해도 종내

        타관 객지서 뻐드러지구 말제.

        그래야 쓰겠는가?

계선   자꾸 맘 약한 소리 마시고!

약을 쓰고 병원 다니며 몸 조섭을 하더래두,

경성이 낫지, 진도 촌구석에 비하겠소?

내가 보약 지어 드릴게, 응?

그러지 말구, 나하고 조금만 더 놀다 가요, 형님!

조금만 더 놀다 가, 응?

음악 2 「조금만 더 놀다 가오」

계선   (자진모리 혹은 휘모리)

여보 형님, 종기 형님, 어디를 간단 말요?

따르는 제자이며 권번에 기생이며

고관대작, 풍류 선비, 음률 아는 재사 한량

형님이 뽑아내는 젓대 소리 한 자락에

모다들 혼이 나가 이구동성 말하기를

"절대(젓대)는 박종기요, 박종기가 절대(絶對)로다!"

그 소리 한번 듣자 목을 빼고 기다린디

여보 형님, 종기 형님, 조금만 더 놀다 가오.

오케, 빅타, 콜롬비아, 형님 소리 박아 보자

줄을 서서 기다리고, 수연, 진연, 잔치마다

형님 한번 모시자고 그런 성화 없다는디

일거에 다 버리시고 어디를 간단 말요?

박정하게 굴지 말고 조금만 더 놀다 가오.

가실 때는 가더라도 조금만 더 놀다 가오.

(장단 중에 아니리)

낼 모레 경성방송국 나가기로 한 약조는 어쩌시랴
오?

(중모리 혹은 진양)

여보 형님, 종기 형님, 이도 저도 다 싫대도
날 봐서도 가지 마오.
천지간에 억조창생 수많은 이 있건마는
내 마음 날과 같이 알아줄 이 뉘란 말요?
형님 소리 내가 알고 내 소리를 형님 아오.
종자기 가고 나서 백아 줄을 끊었으니
나와 형님 떨어지면 서로 간에 소릿길을
누가 있어 짚어 주며 어디에다 비춰 보리?
알아줄 이 없는 소리 무슨 흥에 내어 보리?

(아니리) 그래두 정 가겠으면, 그놈의 모가지를 여기
다 쑥 뽑아 놓고 가소!

종기   소용없어. 내일 내려가는 기차표 끊어 났다니께!

계선   이렇듯이, 세상없어도 가네, 세상없어도 못 가네
      실랑이를 하고 있을 적에 다리 저편 깜깜한 데서 무
      엇이 따그락따그락허더니만 (타악 음향)

종기   난데없이 인력거 하나 툭 튀어나와 다리 위로 달려

오겄다! 워따, 그놈으 인력거 사람 치겄다!

계선 얼른 물러나 요만허고 서 있거날,

종기 지나는 줄만 알았던 그 인력거가 두 중늙은이 앞에 떠억 멈춰 서는구나!

스윙 재즈의 경쾌한 리듬(타악 위주)이 시작된다.

인력거꾼 (악사들 소리) 오릅시오!

종기 에에?

계선 아니 다짜고짜 오르라니?

인력거꾼 박종기 선생님, 김계선 선생님, 맞지요?

종기 그런디?

인력거꾼 오릅시오!

종기 대관절 누가 불렀는지, 뭔 일인지 알고나 가야지.

계선 이 시각에 우릴 부르는 데라면 뻔한 것 아뇨. 요릿집 아니면 권번일 테지.

종기 누가 보내든가?

인력거꾼 오릅시오!

종기 아, 나 이런!

계선 누구든 상관있소? 에에, 까짓거 술도 모자라고 흥도 미진하니, 이대로는 못 보내겠던 차에, 마침 잘됐소!

종기 아아니, 내가 가면 아주 가나? 웬 이별이 이렇게 길어?

인력거꾼 어서어서 오릅시오!

계선   갑시다, 형님!

서곡의 변주.

악사들   달린다

딸각딸각

골목을

돌고 돌아

가는 곳

어디메냐,

모른다 나도.

헤이, 헤이! 호! 호!

후주가 흐르는 동안, 무대 서서히 어두워진다.

2

어둠 속에서 대금 선율이 희미하게 흐르기 시작한다.

그 대금 선율을 타고, 여인(산월(山月))의 노랫소리가 들려온다.

여창 가곡* 풍의 노래.

음악 3 「해로(薤露)」(악부시(樂府詩))

산월　　하이상로(薤上露) 하이상로
　　　　하이희(何易晞) 하이희
　　　　풀잎에 이슬 방울
　　　　어느 사이 말랐던고.

산월의 노래와 함께 무대 천천히 밝아지면 무대와 객석을 가르는 막은 걷혀 올라가 있고, 산월의 방에 앉아 있는 종기와 계선이 보인다.

그들 앞에 잘 차려진 술상, 곁에 앉은 산월이 두 사람에게 술을 따르며 노래하고 있다.

＊　전통 성악인 정가(正歌)의 하나. 우리나라 고유의 정형시에 곡을 붙여 관현악 반주에 맞추어 부른다. 남창 가곡 26곡, 여창 가곡 15곡이 전한다.
＊＊　한대(漢代)의 악부시(樂府詩) 중 하나로 만가(輓歌)이다.

종기와 계선은 무언가에 홀린 듯, 멍한 얼굴이다.

산월   노희명조갱부락(露晞明朝更復落)이나
        인사일거하시귀(人死一去何時歸)오?
        이슬이야 아침이면 다시 내려 맺히련만
        사람은 한번 가면 어느 날에 다시 올꼬?

계선   허, 맹랑하이. 권주가로 만가(輓歌)를 불러?
종기   권주가로야 만가가 제격이제.
계선   제격이라니요?
종기   술 멕이면서 만수무강 어쩌구, 거 다 흰소리 아닌가.
        '언제 뒈질지 모르니, 뒈지기 전에 실컷 먹어라.' 이
        말이제.

계선과 종기, 너털웃음을 놓는다.
산월은 조용히 웃는다.

종기   (문득 탄식한다.) 허, 그 참…….
산월   왜 그러십니까, 어르신?
종기   아녀.
계선   자네 이름이 산월이라 했나?
산월   예.
종기   그 노래는 어디서 누구한테 배웠나?
산월   글쎄요. 노래야 돌고 도는 것인데요, 뭐.

계선	권주가로 만가를 부르는 기생은 흔치 않지.
산월	그런가요?
종기	그것 참…… .
계선	(묘한 생각을 털어 버리려는 듯) 그나저나 손님들은 오셨나?
산월	손님요?
종기	대접 잘 받았으니, 이제 일을 해야제.
계선	어느 방으로 가면 되어?

종기와 계선, 주섬주섬 일어서려 한다.

산월	(빙긋이 웃으며) 앉으세요. 오늘은 두 어르신이 제 손님이세요.
종기	으응? 우리가?
계선	다른 손님은 없구?
산월	손님이 또 하나 계시기야 하지만…… . 그분이야 올지 말지 기약이 없지요.
계선	그건 또 무슨 소린가?
산월	그저 마음 편히 노시다가 신명이 동하구 흥이 나시거든, 젓대나 한 자락 불어 주시면 됩니다. (빙긋이 웃고, 술 주전자를 들고 일어서며) 약주를 좀 데워 올릴게요.

산월, 방 밖으로 나간다.
종기와 계선, 나가는 산월의 모습을 유심히 바라본다.

종기   (속삭이듯) 저것 말여!

계선   (덩달아 소리를 낮추어) 예?

장단이 시작된다.

음악 4 「귀신인가 여시인가」

장단에 아니리.

종기   여시 아녀?

계선   예에?

종기   우리가 여시한테 홀린 것 아니냔 말여!

계선   아이구, 형님도 참!

종기   그렇지 않구서야, 저리 똑같을 수가 있나!

노래.

종기   귀신에 씌었는가, 여시한테 홀렸는가,

          술김에 어둔 눈이 헛것을 보는 겐가.

계선   도깨비 장난인가, 꿈이라도 꾸는 겐가,

          세상에 닮은 사람 없다고는 못하지만

종기   생김새는 고사하고 목구성에 몸놀림에

          코를 찡긋 웃는 모양 살짝 기운 어깨까지

계선   거울로 비춰 낸 듯, 사진으로 박아 낸 듯

천하 신필 명화공이 붓끝으로 그려 낸 듯

종기   옛 시절 그 사람이 세월을 건너온 듯

계선   우리가 세월 건너 옛 시절로 돌아간 듯

종기/계선 귀신인가 여시인가, 술기운에 헛것인가,

도깨비 장난인가 꿈이라도 꾸는 겐가.

세월을 거스른 듯, 세월이 멈춘 듯이

그 시절 산월이가 내 눈앞에 서 있구나.

산월이가 데운 술을 들고 돌아온다.

산월   무슨 말씀들을 그리 자미나게 하셔요?

계선   아, 아닐세.

종기   자네는 어디서 왔나?

산월   평양서요. 경성에 온 지는 얼마 안 되었어요.

종기   산월이도 평양서 온 아이였지.

산월   저 말고도 산월이가 또 있었던 모양이지요?

음악 5 「산월(山月)」

종기   산월이, 산월이

오래전, 오래전에

떠나갔던 산월이

계선   산월이, 산월이

댕기머리 아홉 살에

떠났다던 산월이
종기   장삼 고깔 승무 추면
나비 같던 산월이
계선   수심가 한 자락에
눈물 짓던 산월이
종기   가야금 놀리면서
씽끗 웃던 산월이
계선   장고를 두다리며
깔깔 웃던 산월이

종기   오래전 오래전에
계선   스무 해도 더 전에
종기   아직은 청춘이요
계선   철없던 그 시절에

종기/계선 산월이, 산월이
같이 놀던 산월이
산월이, 산월이는
지금은 어데 있노?

산월이, 산월이
재주 많고, 흥도 많고, 눈물 많고, 웃음 많고, 말도
많고, 설움 많아
산월이, 산월이

내 혼을 쏙 빼 놓고, 애간장 다 녹여 놓고, 온다 간다
말도 없이
떠나갔던 산월이

산월이, 산월이
혼자 울던 산월이
산월이, 산월이는
지금은 어데 있노?

산월이 화답하듯 노래한다.

음악 6 「세월은 유수(流水)와 같이」

산월   세월은 유수와 같이
흐르고 또 흘러가도
오늘도 저 산 우에
어제처럼 달이 뜨네.

유수 같은 세월 따라
이내 청춘 늙어 가도
내일도 하늘 우에
저 달이야 늙을쏘냐.

사람이야, 사람의 일이야

달빛에 맺히어서, 새벽 바람 내렸다가
햇빛에 돌아가는, 한 방울 이슬이로다.
한 숨결에 일어나서, 한 시절을 노니다가
자취 없이 흩어지는, 한 자락 노래로구나.

세월은 유수와 같이
흐르고 또 흘러가도
저 달이야 늙을쏜가,
이 맘이야 늙을쏘냐.

산월의 노래를 계선이 시조로 받는다.

음악 7 「저 달도 늙어지리」(평시조)

계선　　이 몸이 늙었으면 마음조차 늙어야지
　　　　늙지 않는 이 마음이 큰 탈이요, 병이로다
　　　　아마도 이 시름 알거드면 저 달도 늙어지리.

종기　　차암, 쬐간헌 것들이 청승깨나 늘어지네.
　　　　(산월에게) 올해 자네 나이가?
산월　　열아홉입니다.
종기　　자네, 어찌 우리한테 이러는가?
　　　　경성 온 지도 얼마 안 되었다면서 어찌 우리를 알고?
산월　　말씀이야 많이 들었지요. 두 분 명성이야 평양서두

자자한걸요.

종기 그저 젓대 소리 한번 듣자고 우릴 불렀단 말여? 참말
로?

산월 네에. 저두 오늘은 귀 호강 좀 실컷 해 보렵니다.
뭐, 기생은 그런 호사를 누리지 말란 법이라두 있나
요?

종기 그런 법이야 없지만서두…….

계선 우리 비싼데?

산월 (웃으며) 섭섭잖게 모실 테니 걱정 마셔요.
천금 만금에 목을 매는 사람두 있지만,
한 소리에 천금 만금을 던지는 사람두 있지요.
어떤 이는, 한 소리에 혼이 팔려 일생을 던지구,
한 소리를 잊지 못해 저승까지 지구 가기두 하지요.

종기 허, 그것 참 갈수록!

산월 그나저나 퍽 애끼시던 이였던 모양이지요?

종기 응?

산월 그 산월이라는 기생.

계선 산월이…….

종기 그런 재주 없제, 음.

계선 참 아까운 재주였어.

산월 그것 참 샘나네. 나두 산월인데.

종기 샘나도 헐 수 없어. 그 산월이는 하나뿐이니께.

산월 말씀이나 좀 해 보시구려. 얼마나 대단했길래?

계선 허, 산월이가 산월이를 묻는구나!

장단.

아니리로 시작.

종기 　그때가 어느 땐고 허니, 이 박종기가 쩌어으 남도 바
　　　다 건너 진도서 말여, 가만히 단골네 굿판이나 따라
　　　댕김서, 맘 편히 눌러앉아 있었으면 좋을 일을 갖다
　　　가, 조카 놈 하나가 쏘삭쏘삭 쑤석쑤석 바람을 넣는
　　　통에, 제에밀헐 무슨 대단헌 영화를 보겠다고, 젓대
　　　하나 달랑 들고 절름절름 찔룩찔룩, 타관 객지 낯설
　　　고 물설은 경성에 막 올라온 참이렷다!

계선 　벌써 서른 해쯤 되었던가요?

종기 　그쯤 되얏제.

계선 　아니, 젓대로 말하자믄 이 경성 바닥은 고사허구 조
　　　선 팔도 천지서 이 김계선이를 제일 윗길루 치던 판
　　　인데, 뭐 어디? 진도? 거기가 어디여? 웬 새까만 촌
　　　놈이 하나 올라와서는…….

종기 　예끼 이놈!

계선 　젓대를 기맥히게 분다네! 허, 대체 그놈이 어떤 놈이
　　　냐 궁금하던 차에, 하루는 총독부서 들어오라데. 거
　　　기 무슨 높은 벼슬짜리 하나가 새루 갈려 와서는 환
　　　영 연회를 헌다나. 참 그것들이 무슨 소릿속을 알어?
　　　젓대 불고 앉았으면 무슨 잔나비 구경허듯이, 짜웃
　　　짜웃 쳐다보면서 저이들끼리 속닥속닥, 하품이나 쩌
　　　억쩍 해 쌓구, 불려 갔다 올 때마다 소태 씹은 것마

냥 입맛이 쓴 노릇이지만, 어디 안 갈 수가 있나? 어느 명이라구.

종기 그 자리서 이 자식이 임자 만났제. 호랭이 없는 굴에 왕 노릇 허던 여시가, 이 호랭이럴 딱 만난 것이여!

산월 산월이 얘기를 하라니까, 웬 사설이 이리 길어요?

계선 가만있어 봐, 이제 산월이 곧 나와.

종기 그날이 우리가 산월이 츰 만난 날이여.

계선 이 양반이 그 자리서 젓대를 부는데, 아닌 게 아니라, 희한해. 이건 뭐 법식두 없고 격두 없구 제멋대룬데…….

종기 너 같은 서울 촌놈이 진맛을 알겄냐?

계선 어따, 그놈의 진맛 타령은!

종기 죽었다 깨나도 모르제!

계선 허허, 그것 참! 그러게…… 법식두 격두 없는데, 또 그 속에 법식이 있구 격이 있네, 환장할!

종기 인자 이놈이 야코가 팍 죽었제, 응!

계선 야코가 죽기는 누가! 어허, 이것 봐라?

종기 그 자리가 무슨 자린지, 누가 앉었는지는 안중에두 없구!

계선 그냥 우리 둘만 앉은 셈으루다가, 두 소리만 남은 셈으루다가, 주구받구 난장이 났지! 오냐, 어디 한번 해 봅시다!

대금 소리가 솟아오른다.

마치 두 검객이 합을 주고 받으며 겨루듯이, 두 대금이 서로
의 소리를 칼날처럼 주고 받으며 어우러진다.

음악 8 「용호상박」(두 대금이 주고 받는, 즉흥성이 강한 연주곡)

김계선의 「청성곡」과 박종기의 「대금산조」를 모티프로 하여
두 사람의 '소리 싸움'이 음악과 배우들의 움직임을 통해 표현
된다.*

음악이 끝난다. 그 여운 속에서.

종기　　……어따, 그 씨부럴 놈.
계선　　……어이구, 이 오살헐 양반 같으니.

종기　　옆에서 다른 이가 그만저만허라구, 찔벅찔벅해서야
　　　　젓대를 멈췄는디,
계선　　이제 승무 할 차례라더구먼.
종기　　열두어 살이나 되었을란가?
계선　　조그마한 동기(童妓) 하나가 장삼에 고깔을 쓰구 앞
　　　　으로 나서데…….

*　공연에서 음악의 절정은 대금 연주자 김정승이 시도한 '대금 비트박스
(beatbox)'를 통해 표현되었으며 연출자 정영두는 두 인물의 씨름을 통해 이
만남과 대결을 무대 위에 그려 냈다.

음악9의 전주가 조용히 시작된다.

종기   똥구멍이 미어지도록 용을 쓰구 난 참이라,

계선   정신은 아득허구 몽롱헌디,

종기   그래서 그랬으까?

계선   그 조그마한 것이 사뿐사뿐 걸어 나와 나풀나풀 춤
         을 추는데,

종기   거 무슨 조화 속인가? 그 조막만 한 것이,
         한걸음 내디디니 늙은 할멈이 처연하고,

계선   고갯짓 까닥하니 모란 같은 요부가 얼른 비치었다가,

종기   팔 뻗어 빙글 돌아 철모르는 어린애로 돌아오고…….

계선   이야, 그것 참!

종기   아무래도 이 세상 것은 아닌 것 같어…….

계선   홀딱 반해 버렸지.

         전주가 흐르는 동안, 조명 변화.
         종기와 계선을 비추던 조명 어두워지고, 산월에게만 빛.
         산월, 그 옛날의 산월처럼 오도마니 앉아 노래한다.

음악 9 「승무」

산월   가만히 떨리는 가지여,
         지나가는 바람도 없이
         가만히 떨리는 가지여,

그리워할 추억도 없이
어린 새순은 기억하는가.
너 오기도 전에 지나간
새들의 그림자
어린 새순은 기억하는가.
피고 지던 잎새의
길고 긴 날들을.

가만히 떨리는 가지여,
지나가는 바람도 없이
알지도 못하며
무엇을 잊으려
가슴에 연둣빛 멍이 들었나.
그리워할 추억도 없이
작은 몸 가만히 춤을 추네.

계선   그게 산월이었어.
종기   어미가 궁궐 관기 출신이었더라지, 아마.
        어미는 일찍 돌아가구 혼자 남었다가, 인저 관기가
        없어지구 허니, 궐에서 나와 다동 권번에 있었제.
계선   춤 잘 추구, 소리 잘허구,
        선 뵈자마자 장안에 소문이 파다하게 나서,
종기   산월이 머리 얹어 주겠다는 작자들이 줄을 섰는디,
계선   꿈쩍두 안 해. 기생이래두 다 같은 기생이냐구,

쬐끄만 게 콧대가 높았지.

종기 　그 작자들 중에는 (계선을 가리키며) 이놈도 있었제.

계선 　내가 무슨!

종기 　마누래두 있는 놈이.

계선 　그러는 형님은!

종기 　내가 무어?

계선 　어이구, 그 어린애한테 껄떡꺼리던 거 생각하믄…….

종기 　껄떡거려? 이놈아, 껄떡거린 거는 니놈이제! 나야 어디까지나 그 아이 재주를, 응? 애끼는 마음으로다가, 응?

계선 　쳇, 아버지뻘두 큰아버지뻘이나 되는 양반이!

종기 　너는, 너는! 삼촌도 큰삼촌뻘이나 되는 놈이!

계선 　삼촌은 무슨? 나야 오래비뻘쯤 되지.

종기 　오래비? 아나, 오래비 같은 소리 허고 앉었다!

계선 　(한숨을 내쉬며) 그럼 뭐 해. 형님이나 나나 한 푼 벌면 두 푼 먹고 노느라, 젓대 하나 불알 두 쪽밖에 없는 빈털뱅이들이.

종기 　언감생심이제.

계선 　그래두 산월이는 우리를 퍽 따르고 좋아했지.

종기 　우릴 좋아했겄냐, 우리 젓대 소리를 좋아했겄제.

계선 　그게 그거 아뇨?

종기 　인자 고것이 멋은 알아 가지구, 우리 젓대 소리 들어 노니, 워디 다른 젓대 소리가 성에 차겄든가?

계선 　일만 있으면 우릴 찾는 거야.

종기　　　다른 사람 소리는 영 엥기덜 안 해서 춤을 못 추겠
　　　　　다고.

계선　　　산월이가 찾는다 하면, 우리두 열 일 제쳐 놓고 그리
　　　　　로 가지, 이제!

음악 10 「시절은 좋구나」(경쾌한 스윙 재즈풍의 노래)

종기　　　시절은 좋구나, 눈을 딱 감고
　　　　　이리로 저리로 오라는 대로
　　　　　얼씨구 절씨구 가라는 대로.

계선　　　울적한 맘이야 눈을 딱 감고
　　　　　나루너루 노누나 젓대 불면서
　　　　　누루너노 느르나 시절이 좋다.

종기　　　아니꼽고 더러운 일도 많구나.

계선　　　아리땁고 어여쁜 이도 많구나.

종기/계선　아서라 말어라, 눈을 딱 감고
　　　　　나루너루 노누나 젓대 불면서
　　　　　누루너노 느르나 꽃 피는 봄에

종기　　　살구꽃 좋구나 필운대 언덕에

계선　　　복사꽃 좋구나 성북동 골짝에

종기　　　사꾸라 피었다 창경원 마당에

계선　　　버들잎 푸르다 한강에 백사장

종기/계선 낮이냐 밤이냐 산월이 떴다.

　　　　　나루너루 노누나 젓대 불면서
　　　　　누루너노 느르나 더운 여름에

계선　　　세검정 계곡에 탁족을 가잔다.

종기　　　우이동 골짝에 천엽을 가잔다.

계선　　　초가을 맑은 물 뱃놀이 가잔다.

종기　　　마가을 삼각산 단풍놀이 가잔다.

종기/계선 시절은 좋구나, 눈을 딱 감고

　　　　　나루너루 노누나 젓대 불면서
　　　　　누루너노 느르나 치운 겨울에

종기　　　눈발이 그치고 산월이 떴구나.

계선　　　군불을 지펴라 화로를 들여라.

종기　　　신선로 좋구나 분내도 좋구나.

계선　　　청주도 좋구나 탁주도 좋다.

종기　　　따뜻한 방 안에 산월이 떴다.

계선　　　낮이냐 밤이냐 산월이 떴다.

종기/계선 나루너루 노누나 젓대를 불어라

　　　　　누루너노 느르나 노래를 불러라.
　　　　　헛헛한 마음일랑 눈을 딱 감고
　　　　　나루너루 노누나 춤을 추어라.

누루너노 느르나 산월이 떴다.

두 사람, 잠시 웃는다.

계선 틈만 나면 셋이 어울려 가지구 그냥, 무엇이 그리 좋
     았을구?

종기 허(虛)항께. 싯 다 참, 속창시는 우렁이 속에다가,
     밑구녕 빠진 독모냥, 깜까암허니 허한 것들이라…….

계선 만내기만 허믄 그 발광을 허구 난장을 치구!

종기 그렇게라도 세월을 잊어뻐릴라고, 시상을 잊어 보겄
     다고 그랬던 거이제.

산월 무엇이 그리 허해서요?

종기 모르제……. 모릉께 허하제.

종기의 마지막 대사를 불림* 삼아, 음악II이 시작된다.

음악 11 「네나 나나 나나 네나」

종기 허— 허— 허허— 허—
     지나가는 바람이여
     허로구나, 이내 한 몸

* 춤이나 노래를 하기 전에 악사에게 장단을 청하며 하는 말.

텅텅 비어서
소리가 난다.

네나 나나 나나 네나
까닭도 모른 채
병이 깊구나.

나나 네나 네나 나나
영문도 모른 채
하릴없구나.

허— 허— 허허— 허—
지나가는 바람이여
허로구나, 이내 한 몸
텅 텅 비어서
소리가 난다.

종기   병(病)이라 병. 병 중에도 큰 병이라.
계선   우리는 어쩌다가 그런 병이 들었답디여?
        (한숨을 내쉬며) 참, 생각하면 하늘이 원망스럽소.
종기   뭔 자다가 봉창 뚜드리는 소리여?
계선   거 삼국지에 말요, 주유 안 있소? 주유가 그러잖어.
        "어찌하여 하늘은 이 주유를 내시고, 공명을 또 내
        셨는고!" 형님만 아니 계셨거드면 "절대(젓대)는 김계선"이란 말은 내 차진디 말요, 종기 형님 톡 불거져 나온 통에 내 인생은 조져 부렀소!

종기   별 쓰잘데기없는 소리럴 다 헌다. 거 말이야 맞는 말이지만, 험!

계선   뭐요? 이 양반이! 그래두 산월이는 내 젓대 소리가 훨씬 더 낫다구 했어!

종기   (저도 모르게 산월에게) 뭐여?

산월   제가 언제요?

계선   아, 예전 산월이가.

종기   산월이가 헌 말이 있긴 허제. 니놈 소리넌 똑 부러지긴 헌디, 당최 엥기덜 않어서 당최 춤출 맛이 안 난다고!

계선   에에? 아니지! 형님 소리는 저 혼자 하도 울어싸서 춤추기 폭폭하다고 그랬지!

종기   아, 이 작것이, 산월이 없다고 없는 소리 지어내는 것 좀 보소?

계선   없는 소리는 무슨!

산월   (웃으며 두 사람을 말린다.) 아이구, 그만들 하세요. 다 제가끔 생겨나서 제가끔 제 소리를 내다 가는 거지요. 속 모르는 사람들이 쩧구 까부는 소리, 신경 쓸 거 있어요?

계선   아무튼! 형님은 내 속 모르요.

종기   내 속도 모르겠는디, 니 속꺼정 알라듸?

계선   말 좀 해 보시오. 세상에 허구 많은 일 중에,

왜 해필 젓대쟁이루 나서 가지구설랑, 나를 이렇게
애 먹이우?

종기　그라는 니는?

산월　집안 내력이셨던가요?

계선　아아니, 울 아버님은 목수였어, 소목. 집안에 사돈에
팔촌까지 싹 뒤져 봐도, 이 길루 나선 것은 나 하나
뿐이지. 핏줄두 내력두 없이 혼자 미쳐 가지구설랑.
소목 일이나 착실허게 배울 것이지, 풍각쟁이가 웬
말이냐구, 참, 아버님한테 맞기두 수태 맞었지…….

음악 12 「계선이 자탄(自歎)」

계선　나무 깎아 밥을 먹는 목수 팔자두 허망허되
잡히지도 않는 소리, 한 소리에 목을 매어
일평생을 부평처럼 떠돌다가 돌아가니
아서라, 풍각쟁이 허망함에 비할쏘냐?
아버님이 꾸중할 제, 무릎 꿇고 앉아서도
젓대에 미친 마음 어제 들은 젓대 가락
나루너루 노누나 손끝으로 짚어 보네
어져, 내 일이야, 어찌하여 미쳤던고?
어느 날 어느 때에, 희미한 그 소리가
내 마음에 들어와서 또아리를 틀었던고?
춤추는 벌나비도, 굽이치는 저 강물도,
우뚝한 산 그리메, 가없는 밤하늘도,

남녀노소 사는 모양, 울고 웃는 모든 일과

천지 만물 모든 것이, 내 마음에 미치어서

한 소리로 맺히었다, 넘치어서 흘러가니

어져, 내 일이야, 미친 마음 어쩔거나?

이미 든 깊은 병을 이제 와서 어쩔거나?

아버지요 아버지요, 나 좀 제발 살려 주오.

허망하고 허망해도, 도리 없고 방도 없소.

계선　　　내가 불효자지. 갈 데 없는 불효자요.

종기　　　그래도 낭종에 잘 되었응께.

계선　　　웬걸요? 우리 아버님은 내가 이왕직 아악부 들어가

　　　　　기두 전에 돌아가셨는데.

종기　　　저승에서라두 보고 계시겠제. 뭐, 보시지는 못허드

　　　　　래도, 자네 소리야 거기까지 안 미치겠는가?

산월　　　그럼요. 들구 계실 거예요. 암요…….

계선　　　그 뭐 하나 마나 한 소리지.

종기　　　(한숨을 내쉬며) 다 팔자소관이라. 생각해 보면 말이

　　　　　여, 내가 어쩌고 싶다고 해서 뭣이 그렇게 된 것이 아

　　　　　니란 말여.

　　　　　그냥 그렇게 되두룩 돼 있던 거라.

　　　　　그냥 그렇게 떼밀려 갖고 여그꺼정 온 것이라.

　　　　　무어 다른 수가 없응께…… 워치케 헐 수가 없응

　　　　　께…….

　　　　　나라고 뭐 젓대쟁이가 되고 잖어 됐가니?

고즈넉한 느낌의 대금 독주곡이 시작된다.

음악 13 「적로」(대금 독주곡과 독창)

대금 독주가 흐르는 가운데, 종기가 자욱한 회상 속에 잠
긴다.

종기   그랑께, 뭣이라고 해야 쓰까.

말하자면, 그믐밤인 디다가 구름꺼정 잔뜩 쪄 가꼬,
별도 달도 없이 기양 먹물이라도 뿌린 드끼, 눈앞이
까마득헌 날마냥…… 그런 때가 있잖애?

뭣을 해 보자 해도, 암것도 워치케 헐 수가 없고,
기양 넋을 놓고 오두마니 치다보는 수뺵이는, 다른
방도가 없을 때 말여.

나 일곱 살 때여…… 곡기를 따악 끊어 뻐리시
데……. 인자 가실 날이 됭께는…… 우리 어머
니…….

산해진미가 무신 소영이여…… 산삼, 불로초로도 그
거슨 못 잡제…….

암것도 헐 수 있는 거이 없어. 기양 치다만 보고 앉
았는 거여…….

그래도 워치케 치다만 보겄던가? 쬐깐헌 놈이 뭣을
알어서 그랬겄어…….

허벅쟁이를 잘라서 피를 내고, 살을 발라 고아 디렸

195

제……

그러면 뭣 해? 물 한 모금얼 못 넹기는 판인디 고것
이 넘어가?

아무 소영 없제. 소영없는 줄은 알아도, 기양 가만히
넌 못 있겄응께……

아무 소영 없는 짓을 허는 거이제, 응…….

(대금 가락에 맞추어 잠시 노래로 탄식한다.)

살 베어 낸 이 다리야
절름절름한다지만
요내 가슴은 무슨 일로
구멍이 났다더냐.

바닷가에 요만허고 앉어서, 싸락싸락 모래밭에 바닷
물이 들고 나는 것만 봐도, 나무하러 갔다가 골째기
에 동백꽃 핀 것만 봐도, 새가 울고 산비탈 어디 그
늘서 노루가 울어도, 4월 청보리밭에 출출히 봄비가
내리는 것만 봐도 말여…… 어린 맴에도 말여……
그거슬 뭣이라고 해야 쓰까…… 설움도 아니고, 뭣
도 아니고…… 기양 써늘해, 써늘허드란 말여, 가심
패기 요만치에 구멍이라도 뚫린 것마냥 말여…….

짠해, 시상이, 시상 사는 일이, 몬야 가신 엄니도 그
렇고, 그 속에 내가 생겨나 갖고 이라고 서서, 그것들
을 보고 그것들 소리를 듣고 있는 것이…… 기양 짠

허더란 말여…… 이유도 없제, 말도 못허것제…….
가심에 뭐이가 콱 엥긴 것마냥 답답해 죽겄어.
그렇께, 기양 풀잎 하나 따서 입에 물고, 나뭇잎 하나
따서 물고, 어디서 듣도 보도 못헌 가락을, 알지도
못허는 가락을 불렀제.
고 짠헌 것덜을 보듬어 보겄다고, 붙잡어 보겄다
고…….

아직도 게 있으리,
오래된 그 우물가.
우물처럼 깊은 밤에
후박나무 그늘 아래
젓대 들고 혼저 앉어
먼 데서 밤새 울고
가차이서 귀신 울어
아이고 신령님요,
저 새소리 내게 해 주,
저 울음을 내게 주소.

짠하고 짠해라우,
속절없이 짠해라우,
울 엄니가 짠해라우,
세상일이 짠해라우,
이 한 몸이 짠해라우,

환장허게 짠해라우.

구멍 난 요내 가슴

가득히 채워 주소.

써늘한 요내 가슴

잠시잠깐 뎁혀 주소.

기원하고 기원하며

풀벌레와 함께 울어

밤새들과 같이 울어

귀신들과 함께 놀며

새벽이슬 나리도록

젓대 들고 혼저 앉어.

종기　(대사로) 젓대를 불었제……. 우리 엄니 앞에서 피를
　　　내고 살을 발라 내드끼……. 종당에는 아무 소영 없
　　　을 줄 알면서도 말여.

계선　안 그래도 허한 놈의 것을, 평생 속이 텅텅 빈 젓대만
　　　불어 제꼈으니.

종기　참 생각하면 생각할수록 까마득허고, 알 듯 알 듯허
　　　다가도 모를 일이라…….

계선　산월이가 그랬지. (예전 산월이 흉내를 내어)
　　　"그 나이 잡숫구두 모르시오?" 그러니까 형님이,

종기　"내 나이를 워디 내가 먹었냐?"

계선	"그럼 누가 잡쉈수?"
종기	"요놈으 젓대가 다 잡아 잡쉈제."
계선	"무슨 말씀이오? 젓대가 나이를 먹다니요?"
종기	"글안해? 숨을 딜이쉬고 내쉬고 험서, 세월 가고 나이를 먹고 안 허디야? 그란디 내 숨이고, 기운이고, 진액이 다 워디로 갔느냐? 요놈으 구녁이 쏵 다 빨아 먹었단 말여. 그랑께 내 나이는 야가 먹었제!"
계선	"그 말씀이 맞기는 맞소."
종기	"그란디 말여, 암만 디다봐도 남은 것이 암것도 없다. 텅 비었어."
계선	산월이가 비젓이 웃데.
종기	"쬐깐헌 것이 멋을 안다고 웃냐?" 내가 그렇께,
계선	"나도 모르겠으니 그러지요." 그러면서 금세 눈물이 뚝뚝 떨어져.
종기	허, 작것!
계선	"야야, 너 웃다가 울면 뭐시기에 털난다!" 놀렸더니,
종기	"그렇기루 치믄사 폴쎄 털북숭이 노루 사슴 되얏겄소! 아싸리 노루 사슴이나 되야 갖고 폴짝폴짝 달어나 뻐렸으먼 쓰겄는디."
계선	어이, 산월이. 자네 나허구 도망갈라는가?

종기와 계선이 예전 산월의 말을 흉내 내는 시점부터 조명이 천천히 변화한다.

이제 종기와 계선의 회상 속으로, 눈앞의 산월이가 예전의 산월인 듯이 들어온다.

산월   둘이서요? 종기 어른은 어쩌구요?

종기   아믄 그라제. 이놈아, 야가 내빼먼 나허고 내빼지, 너
       겉은 놈허고 내빼겄니 야?

계선   에? (산월에게) 그러냐?

산월   아이구, 왜 이러세요.

계선   달아나고 싶다니까 하는 말 아니냐. 나두 달아나고
       싶다!

산월   말이 그렇지.

계선   못할 거 뭐 있냐? 까짓눔으 거 눈 따악 감고, 달아난
       다 치면 누구하구 같이 갈래?

종기   오살 놈으 자식 염병허고 자빠졌네! 고것을 꼭 물어
       봐야 아냐?

계선   말해 봐, 형님이야, 나야?

산월   눈 따악 감구?

계선   응, 응!

종기   나제?

산월   까짓거 둘 다 데리구 가지?

계선   둘 다?

산월   좌청룡에 우백호요, 새도 날개가 둘 아니오?
       좌종기에 우계선 삼아, 훨훨 날아 달아납시다!

도취, 황홀경에 대한 노래. 그 속에는 물론 쓸쓸함과 허함도
있겠으나, 그것이 지나치게 두드러지지 않도록, 환하게.

산월   강물은 넓고 아득해
이 맘도 저 물결과 같이
탕탕히 흐르고 흐르는 밤에
피리를 한 자락 불어 주소.
떠도는 조각배 불러 주소.
춤추며 노 저어 흘러갑시다.
이 언덕, 저 언덕도 나는 싫어요,
바다로 바다로 내려갑시다.
두 눈을 딱 감고 달아납시다.

종기   망망한 저 한 바다에
나리는 저 달빛과 같이
서름이 자욱히 스미는 밤에

산월   젓대나 한 자락 불어 주소.
흩어진 내 혼을 불러 주소.
물새와 구름과 안개 속에서
슬픔도 그리움도 나는 모르리.

계선	숨결은 가벼우나 몸은 무겁고
종기	소리는 흩어지나 병은 깊으니
계선	이슬 같은 이 몸이 마른 연후에
종기	먼지 자욱한 이 마음이 흩어진 뒤에
계선	어느 새벽 풀잎 위에 다시 맺히랴?
종기	허공 중 어느 바람에 네 얼굴 보랴?
계선	어제 한 약속은 자취도 없고
	오늘도 내일도 기약 없으니
	오갈 곳 모르고 헤매는 맘에

산월	젓대나 한 자락 불어 주소.
	지나간 숨들을 붙들어 주소.
	어제와 오늘과 내일 속에서
	잠시 멈추어 나는 춤추리.
	마음을 다하여 노래합시다.
	두 눈을 딱 감고 달아납시다.
	어제와 오늘과 내일로부터
	두 눈을 딱 감고 사라집시다.

종기/계선	잊으려도 잊으려도 잊을 수가 없었으니
	붙잡고 붙잡아도 붙잡을 수 없었으니
	달아나고 달아나도 달아날 수 없었으니

산월/종기/계선	숨결이야, 한 숨결이야

먼 데서 왔다가 먼 데로 가누나.
소리여, 아득한 한소리,
너와 함께 흘러가리라.
망망한 바다 물결 위에서
너와 함께 춤을 추리라.
자욱한 홍진도 저 멀리
저 산을 넘고 또 넘어
하늘 끝에 닿을 때까지
너와 함께 달아나 보자.
아하, 아하, 아하!
은하수 별들 사이로
날아올라 노래하리라.
너와 함께 돌아가리라.
마음을 다하여, 마음을 다하여
너도 나도 모르겠거든
아하, 아하, 아하!
두 눈을 딱 감고 달아납시다.
두 눈을 딱 감고 잊어 봅시다.
한 조각 물살이 되어
별빛이 되어, 바람이 되어
흩어집시다, 홍진은 저 멀리
두 눈을 딱 감고 사라집시다.
아하, 아하, 아하!

종기	그랬는디,
계선	랬었는디…
종기	저 혼자 달아나 부렀제.
계선	가노란 말도 없이.
종기	앞산도 뒷산도 요만허고 주저앉었는디,
계선	범은 산중에 잠이 들고, 용은 깊은 물에 뒤채는데,
종기	저 달은 반공에 두둥실,
계선	저 혼자 훨훨 날아가더니
종기	다시 올 줄 모르네그려.
계선	어디로 갔을고?
종기	누가 데려갔을고?

산월이 노래한다.

음악 15 「아주 가진 못하였네」

산월	그믐 밤에 우는 새야
	빈 하늘을 설워 마라.
	그림자 걷힌 자리
	초승달이 돌아오네.
	마음에 이는 구름이야
	그 가운데 숨어 보랴,
	수심이 진진하여

비가 되어 흩뿌릴 제

잊으리라 하였어도
아주 잊진 못하였네
아주 간 줄 알았더니
아주 가진 못하였네.
아지 못할 이 마음에
한 소리 돌아오니.

그믐밤에 우는 새야
초승달이 돋아 온다.
아주 가진 못하고서
옛 얼굴이 돌아온다.

산월이, 노래 끝에 조용히 눈물을 흘린다.

산월   저 때문이었지요,

        제 어머니가 달아났던 것은.

        하지만 결국 그리는 못했지요.

        그것도 다 저 때문이지요.

계선   그럼 자네가……!

산월   어머니는 무던히두 애를 쓰구…… 고생두 퍽 했지

        요, 저라도 기생 팔자에서 달아나게 해 주려고.

        저는 아무것두 몰랐어요.

어머니가 어떤 사람이었는지,

어머니가 그렇게 눈을 불을 켜구, 나무라구,

매를 때리구, 울면서 달래구 타일러두,

왜 자꾸 내 안에서 노래가 흘러나오는지,

내 몸이 왜 자꾸 들썩들썩 춤을 추게 되는지.

견디질 못하구 도망두 몇 번 쳤었지요.

열여섯 살 때, 세번째루 도망을 나와서

해주 어느 술국집에 부엌데기루 있는데,

어머니가 저를 찾아오셨더군요.

한숨을 내쉬더니 그러시데요.

"이년아, 이년아, 이 불쌍한 년아……

너두 하릴없고 나두 하릴없다.

팔자 도망이 이리도 어렵다더냐……."

그 뒤로 3년 동안 어머니한테 배웠지요.

어머니한테 산월이란 이름도 물려받았구요.

계선   지금 산월이는?

산월   (애써 웃으며) 산월이 여기 있잖아요.

종기   자네 어미 말이네.

산월   몸도 마음도 약해지셨던 거지요.

저를 가르치기 시작하셨을 때는 이미 병이 깊어서……

오늘이 돌아가신 지 한 해째 되는 기일이랍니다.

사이.

계선	그러니까, 아까 오실지 말지 모른다던 그 다른 손님
	이란 게…… .
산월	오셨을 거예요. 오시구 말구요, 그럼요…… .
	(사이. 깊은 회한에 젖어)
	네 그랬어요, 두 분 말씀처럼……
	어머니가 춤을 추실 때면, 노래를 하실 때면,
	내가 모르는 전혀 딴 사람이 되어서……
	그래요, 이 세상 사람은 아닌 것 같구,
	덩달아 저두 다른 세상에 있는 것 같았지요.

산월, 음악 15의 부분을 노래한다. (무반주)

그믐 밤에 우는 새야
초승달이 돌아 온다.
아주 가진 못하고서
옛 얼굴이 돌아온다.

종기	……그랬구면, 그랬어.
계선	산월이가 갔구나…… 산월이가 갔어…… .
산월	두 분 말씀을 많이 하셨지요.
	한 번만 더 그 젓대 소리를 들었으면 좋겠다고,
	한 번만 더 그날처럼 놀아 보았으면 좋겠다고…… .

사이.

종기	부질없네. 부질없고 소용없제……
계선	(허공을 향해) 어이, 산월이! 자네 왔는가?
	왔으면 왔다고 대답을 하게, 이 무정한 사람아.
	응? 어찌 대답이 없는가?

사이.

산월	예, 저 여기 있어요.
계선	……어디 갔다 이제 오는가?
종기	산월이.
산월	예에.
계선	산월이!
산월	왜 자꾸 부르세요?
종기	자네로구먼…… 자네가 참말 오기는 왔구먼!
계선	자네 가구 우리가 얼마나 섭섭허구 서운했는 줄 아나?
산월	그래서 이렇게 왔잖어요.
종기	옛날 같구먼, 영낙읎이.
계선	옛적 모습 그대루, 산월이가 왔어.
종기	워메, 요것을 어째야 쓰까?
계선	무얼 어쩌자고 자네가 이렇게 왔는가?
산월	놀러 왔지요, 옛날 옛적 그때처럼.
	한판 흐드러지게 놀러 왔지요.
계선	놀러?

산월	그것밖에 무어가 더 있어요?
종기	없제.
계선	없어.
종기	그리여. 놀다 가세.
	갈 때넌 가더래두, 헤질 땐 헤어지더래두,
	헤질 땐 생각 말구, 잠시 잠깐 이리 만냈을 적으,
	잠시 잠깐 같이 놀다 가세나.

음악 16 「진혼」

무악(巫樂) — 진도 씻김굿의 한 대목을 기본 틀로 하여 창작
된 곡.
종기와 계선이 산월의 넋을 부르고, 함께 어울려 놀다가 멀
리 떠나보낸다.

종기	산도 쉬어 가
	양우양산도 쉬어 가
	이 산 저 산도 쉬어 가자.
	넋이 되어 오셨으니
	넋을 불러 배알하고
	넋을 불러 반겨 보자.

| 계선 | 혼이 되어 오셨으면 |
| | 혼반에다 모셔 놓고 |

혼이 되어 오셨으니
혼불이 맞어 혼맞이 가자.

종기/계선   가자서라 가자서라
세왕극락을 가자서라
가자서라 가자서라
극락왕생으로 가잔다.

산월이, 짧은 구음으로 화답한다.

종기/계선   여시아문일시불
청강대지수명당
일성월성내위지에
동방에는 청제지신
남방에는 적제지신
가자, 가자서라
가자서, 가자서라
살풀이 찾아서 가자서라
나 이제 가자서라.

저 하늘 깊은 골짝 언덕 우에
홀로 섰는 원앙 무리
실바람 눈서리에
만고풍상 겪었던가,

밤하늘에 날고 가는
짝 잃은 저 기러기
울고 싶어 울고 가느냐.

오늘 저녁 오신 분들
이 잔치에 참석하야
한 잔 들고 두 잔 들고
어깨춤도 덩실대며
흥청망청 놀고 가자.

산월이 구음으로 화답한다.

종기/계선 제보살 제보살
제보살, 제보살
천궁 찾아 가자서라
쟁쟁바리는 쟁쟁 울고
나무 우에는 종달새 떴다.
잠둥잠둥 새로 속잎 나네
에라 만수야, 에라 대신이야
많이 흠향허고
편안히 돌아가소서.

이어으— 나— 으—
잘 가시오.

정주[*]가 맑게 울린다.

무대, 어두워진다.

---

* 진도 씻김굿 등 남도 지방 무악에 쓰는 금속 타악기. 놋주발 모양의 작은
  종. 경쇠라고도 한다.

에필로그

서울역에서 종기와 계선이 헤어진다.

암전된 사이에 그 시절 역전에서 들려옴 직한 소음들.

그 시절의 유행가가 잠시 흘러도 좋다.

그 소리들과 함께 무대 밝아진다.

이제 발은 내려져 '산월의 방'은 보이지 않고

종기와 계선이 무대 앞쪽에 멀거니 서 있다.

종기 참말 그런 사람은 없더란 말여?

계선 암만 찾아봐두 간 곳이 없습디다.

종기 어디로 갔을꼬?

계선 어디든 있겠지요.

종기 참, 어미나 딸이나…….

계선 참말 가시오?

종기 가야제.

계선 고집은.

종기 추워서. 진도 가믄 기침이 좀 멎을라나.

계선 잠깐 쉬었다가 얼른 올라오소.

종기 글씨.

계선 산월이 찾으면 연락헐 테니까.

종기 산월이…… 꿈을 꾼 것도 아니고…….

계선	아니지요.
종기	아니랄 수도 없제.
계선	무슨 소리요?
종기	우리네 인생이 꿈속에 오락가락허니,
	올똥말똥 허다 이 말이여.
계선	그러니 가지 말란 말 아니오.
종기	금세 또 보겠제……
	가네……

종기가 천천히 무대에서 퇴장한다.

음악 17 「이별」

계선	가는구나 기어이 무정한 사람이야
	내게서 떠나가는 그 모든 노래
	마지막 피리 소리 아득히 멀어지매
	어느 날 오려느냐 유정한 마음이야.

노래는 지나가고 구멍은 잠잠한데
가는 곳 알 수 없고 오는 날 모르겠네.
한 방울 붉은 이슬 허공에 떨어지니
무정도 무정해라, 한번 가고 아니 오네.

홀로 남은 계선의 모습이 어둠 속에 잠긴다.

후주가 흐르는 가운데, 무대 한곳에 자막이 흐른다.

"1941년 고향 진도로 내려간 박종기는

그해 가을, 완도에 공연을 하러 갔다가 세상을 떠

났다.

전해지는 말에 의하면, 그가 대금을 부는 동안 대금

끝에서 붉은 핏방울이 떨어져 내렸으나, 박종기는

돌아앉아 끝까지 곡을 마치고 곧바로 숨을 거두었

다 한다.

서울에 남은 김계선 또한 몇 해 지나지 않아 지병으

로 세상을 버렸다.

두 사람은 다시 만나지 못했다."

당신이 문득
나를 알아볼 때까지*

권여선(소설가)

1 맑은 이슬, 붉은 이슬 —「적로」

'적로'의 뜻이 궁금해 찾아보니 '방울 지어 떨어지는 이 슬'이란다. 그래서 공연 포스터에 '이슬의 노래'라는 부제가 달려 있었나 보다. 작품은 진도에 내려가려는 박종기와 그를 붙잡는 김계선의 작별 장면에서 시작된다. 둘은 한때 대금 최고 명인 자리를 놓고 경쟁하며 우정을 쌓아 온 '지음'의 관계 이니 김계선은 헤어짐의 서러움을 이렇게 노래한다.

내 마음 날과 같이 알아줄 이 뉘란 말요?

* 이성복, 「서시」, 『남해금산』(문학과지성사, 1986)

형님 소리 내가 알고 내 소리를 형님 아오.

(……)

나와 형님 떨어지면 서로 간에 소릿길을

누가 있어 짚어 주며 어디에다 비춰 보리?

　서로 헤어지니 마니 실랑이를 하고 있을 때 그들 앞에 홀
연 인력거가 다가오고, 그들은 누구의 초대인지 모른 채 인력
거에 실려 어느 기방으로 안내된다. 그곳에는 오래전 산월의
현신인 듯한 어린 기생이 앉아 있다. 산월은 박종기와 김계선
사이를 매개하면서 경쟁하게 만들었던 천하의 춤꾼 기생이었
다. 어린 산월이 그들을 맞이하며 부르는 권주가가 "풀잎에 이
슬 방울/ 어느 사이 말랐던고" 하는, 망자를 보내는 만가인 것
은 의미심장하다. 이 슬픈 이슬의 노래로 박종기와 김계선, 산
월의 이야기가 초가을 달밤의 꿈처럼 펼쳐진다.

　술자리는 30년 전 과거로 거슬러 올라가 박종기와 김계
선이 매섭게 대금을 겨루던 시절부터, 옛 산월이 "한걸음 내디
디니 늙은 할멈이 처연하고,/ 고갯짓 까닥하니 모란 같은 요
부가 얼른 비치었다가,/ 팔 뻗어 빙글 돌아 철모르는 어린애
로 돌아오"던 승무를 추던 모습을 거쳐, "살구꽃 좋구나 필운
대 언덕에/ 복사꽃 좋구나 성북동 골짝에/ 사꾸라 피었다 창
경원 마당에" 하며 흥청한 놀이에 불려 다니던 시절의 향연을
무대 위에 부려 놓는다. 그러나 권주가를 만가로 부른 데서 드
러나듯 이들이 보낸 젊은 날의 "발광"과 "난장"에는 죽음의 그
림자가 요연하다.

박종기는 그게 다 "허(虛)항께" 그랬다고 한다. "속창시는 우렁이 속에다가, 밑구녕 빠진 독모냥, 깜까암허니 허"했기에 그랬다고. 그 허함은 노래 「네나 나나 나나 네나」를 거쳐 박종기의 회상에 이르러 절창이 된다. 종기는 어린 날 어머니가 죽어 가는데도 "암것도 헐 수 있는 거이 없어. 기양 치다만 보고 앉았"다가 "허벅쟁이를 잘라서 피를 내고, 살을 발라 고아 디렸"으나 "아무 소영 없제. 소영 없는 줄은 알아도, 기양 가만히 넌 못 있겄응께…… 아무 소영 없는 짓을 허는 거이제." 하고 탄식한다. 어머니가 죽은 후에는 바닷가에 앉아 "어린 맴에도 말여…… 그거슬 뭣이라고 해야 쓰까…… 설움도 아니고, 뭣도 아니고…… 기양 써늘해, 써늘허드란 말여, (……) 기양 짠 허더란 말여…… 이유도 없제, 말도 못허겄제" 하여 "기양 풀잎 하나 따서 입에 물고, 나뭇잎 하나 따서 물고, 어디서 듣도 보도 못헌 가락을, 알지도 못허는 가락을 불렀제. 고 짠한 것덜을 보듬어보겄다고, 붙잡어 보겄다고……." 그렇게 "저 새소리 내게 해 주, / 저 울음을 내게 주소." 하며 젓대를 불었던 것인데, 이제 몸도 마음도 늙어 버린 종기는 제 나이를 젓대가 다 먹었다고, "내 숨이고, 기운이고, 진액이 다 워디로 갔느냐? 요놈으 구녁이 쏵 다 빨아먹었단 말여. 그랑께 내 나이는 야가 먹었제!" 한다.

술자리의 마지막은 종기와 계선, 어린 산월이 죽은 산월을 진혼하는 노래로 끝나고, 에필로그는 진도로 내려간 박종기가 완도에 공연을 가서 대금을 불다 죽는 것으로 끝난다. "그가 대금을 부는 동안 대금 끝에서 붉은 핏방울이 떨어져 내렸으나, 박종기는 돌아앉아 끝까지 곡을 마치고 곧바로 숨을 거두었다 한다." 결국 젓대는 종기의 나이만이 아니라 죽음까지 삼켰다. 풀잎의 이슬처럼 죽은 산월과 대금의 핏방울로 죽은 종기는 '적로'로 만나니, 적로는 적로(滴露)이기도 하고 적로(赤露)이기도 하다.

음악극은 공연으로 보는 게 최고이겠으나, 「적로」는 극본으로도 충분히 읽는 맛이 있다. 노래와 아니리의 리듬과 라임은 물론이고, 심지어 앞부분에 나온 "악사들은 무대 위에서 따로 자리를 잡아 줄 수도 있겠지만, 마치 옛 사진 속에서처럼, 이 방의 구석구석에 마치 정물처럼 자리 잡게 하는 것도 괜찮으리라." 하는 지문마저 감칠맛이 난다. 다 읽고 나면 한바탕 꿈을 꾸고 난 느낌인데, 또르륵 떨어지는 허무의 이슬방울에서 짙은 피 냄새가 나는 까닭은, 이들이 살아 내야 했던 세상이 "뭣을 해 보자 해도, 암것도 워치게 헐 수가 없"는, 무슨 짓을 해도 "아무 소영 없"는 서러운 식민지였기 때문일 것이다.

2 전쟁은 여자의 얼굴을 하지 않았다* —「1945」

제목이 주는 선입관과 달리 「1945」는 해방의 감격을 노래한 작품이 아니다. 해방은 되었으나 제대로 해방되지 못한 국

---

*   스베틀라나 알렉시예비치, 박은정 옮김, 『전쟁은 여자의 얼굴을 하지 않았다』(문학동네, 2015)

외의 전재민들이 고국으로 돌아오기 위해 목숨을 걸고 아귀 다툼하는, 어쩌면 전쟁보다 더 무섭고 혼란스러운 전쟁 이후의 역사를 그린다. 「1945」는 공연을 떠나서 읽는 것만으로도 휘몰아쳐 오는 희곡으로, 위안소를 탈출한 위안부 여성 명숙과 미즈코가 전재민 구제소에서 공동생활을 하다 고국으로 돌아오는 여정을 통해 해방 직후 해외에 있던 조선인들이 어떤 곤경과 생존의 파란을 겪고 귀환했는지를 보여 주는 드라마다.

작품은 충격적이게도 명숙과 미즈코가 죽어 가는 일본 여성들이 낳은 아기를 팔아 챙긴 돈을 나누는 장면으로 시작한다. 명숙은 일본 여자인 미즈코와 헤어지려 하지만 임신한 미즈코는 명숙에게 자신을 버리지 말아 달라고 애걸한다. 이들이 전재민 구제소에 도착해 자신들의 과거와 국적을 숨기고 다른 조선인들과 공동생활을 하는 과정이 작품의 주요한 부분을 차지한다.

구제소 조선인들은 다양한 성격과 신분과 논리를 가지고 있지만 조선으로 가는 기차를 타야 한다는 목표에서는 대동단결한다. 기차표를 구할 동안 남자들은 노동판에 나가고 여자들은 합심하여 떡장사를 한다. 구제소 안에 떡 찌는 구수한 냄새가 진동하는 순간에는 이들도 다정한 동포애로 가득하지만, 자기 이해에 위협이 되는 사건이 발생하는 순간 이들의 각자도생의 논리는 창끝처럼 날카로워지고 서로를 찌르는 데 조금의 주저도 없다.

그토록 간절히 원하던 기차표를 받은 날, 사람들은 병이

옳을까 봐 장질부사를 앓는 장 씨를 차디찬 구제소 밖으로 추방하고, 미즈코가 일본 여자라는 사실을 알고 명숙과 미즈코를 날카롭게 추궁한다. 다만 명숙에게 애정을 품은 영호만이 명숙을 데려가자고 제안하지만, 다른 이들은 자신들을 속인 걸 용서치 않고 명숙이 정체를 밝히도록 끝까지 몰아붙인다. 명숙은 미즈코와 헤어지지 않을 결심을 품고 스스로 위안부였음을 밝히는데, 이때 사람들은 경악하여 침묵한다. 순간 영호가 분연히 일어나 "난 당신을 데려갈 거예요. 버리지 않을 거예요. 여러분이 이 여자들을 두고 간다면, 나도 남겠습니다. 이 여자들하고 함께 가겠습니다."라고 한다. 이어서 "우린 모두 고통을 겪었어요. 더러운 진창을 지나온 겁니다. 지옥을 건너온 거예요. 다들 그을리고 때에 전 건 마찬가지예요. 정도가 다를 뿐이죠. 진창에 더 깊숙이 빠진 게, 더 새까맣게 그을린 게, 이 여자들 잘못은 아니잖아요? 우린 이 여자들이 그럴 수밖에 없었던 처지를 이해해 줘야 합니다. 운이 나빴을 뿐이에요. 어쩌면 우리 대신, 지독히도 운이 나빴던 거죠. 그런데 다시 저 여자들을 진창 속에 밀어넣구 가자구요? 우리가 씻어 줘야죠. 그 고통을. 지옥에서 건져 내야죠." 하고 일견 감동적인 의견을 피력하는데, 이때 "사이. 명숙 잠시 낮게 웃는다"라는 지문은 독자에게 문득 섬뜩하다.

명숙	우린 당신하고 같이 가지 않아.
영호	명숙 씨!
명숙	당신은 아무것도 몰라.

영호　내가 뭘 모른단 말입니까?

명숙　당신이 뭔데, 우릴 데려가구 버리구 한다는 거야? 씻어 줘? 우리가 더럽다구? 아니. 우린 더럽지 않아. 누가 누굴 보고 더럽다는 거야! (사이) 이 아이도, 나도, 깨끗해. 더러운 건 우릴 보는 당신, 그 눈이지. 씻으려면 그걸 씻어야지. 하지만 아무리 씻어두 아마 안 될 거야.

영호　그게 무슨 말입니까? 내 눈이 더럽다니?

명숙　이해해 주겠다구? 이해한다구? 아니. 당신들은 절대 이해 못해. 그래. 우리는 지옥을 지나왔지. 아무런 죄도 없이 우리는 울고 웃었을 뿐이야. 어떤 지옥도 우리를 더럽히지는 못했어. 하지만 당신 앞에 서 있으면, 우리는 영영 더러울 거야. 그러니까 우리는 우리대루 갈 거야.

영호　난 당신들을 도우려는 겁니다!

명숙　필요 없어요.

영호　그 일본 여자만 버리면 우린 같이 갈 수 있어요.

명숙　우린 지옥에 함께 있었어. 그 지옥을 같이 건너왔죠. 아무리 말해도 당신들은 그 지옥을 몰라. 아, 그렇지. 그래…… 가끔은 거짓말처럼, 꿈처럼 좋은 때두 있었어. 그건 정말 거짓말 같고 꿈같았지. (미즈코에게) 그 거짓말 속에두, 꿈속에두 미즈코 네가 있었어. 내 지옥을 아는 건 너뿐이야.

그리고 명숙과 미즈코, 또 다른 위안부였던 선녀 셋이 밖으로 나가 병든 장 씨를 부축하여 어둠 속으로 사라지는 장면은 처연하다 못해 서럽다. 그 모습을 우두커니 서서 바라보는 전재민 구제소 사람들, 그들은 과연 함께 동료의 장례를 치르고 함께 가난을 나누고 함께 떡을 찌던 그 사람들이 맞는가.

하지만 이들 사이에는 원래부터 보이지 않는 균열이 있었다. 일본이 패망한 후에도 일본 아기들은 머리가 좋다는 소문에 잘 팔리는가 하면, 자기도 "조선 것들"이면서 일본 사람들은 아침마다 역전 마당을 소제하는데 조선 것들은 "왜정 때"보다 질이 떨어지고 더럽다며 "이러자구들 독립을 하구 해방을 했나?" 일갈하는 말을 거침없이 내뱉기도 하고, 대한 민단이니 청년 단체의 부정부패에도 바른말을 하기는커녕 서로의 약점을 들추고 감추기에 급급해 "이 시국에 흠 없는 사람 있"냐며 물타기를 한다. 위안소에서 감독 노릇을 하며 위안부를 모질게 다루었던 선녀 또한 "안 그러면 내가 죽는데 어떡하니." "너두 똑같았을걸? 내 자리에 네가 있었으면." 하고 말하고, 조선에 돌아가면 어떻게 될지 꿈꾸면서도 "우리 같은 농투산이가 압제를 아주 안 받겠다는 것은 억지"라며 압제 받는 걸 "질서가 잽히"는 일로 생각하는 노인도 있다.

이렇게 「1945」는 해방은 되었으나 진정한 해방은 오지 않은 그 시간을 생생한 디테일과 굵직한 갈등으로 그려 내는데, 액자의 테두리처럼 인상적으로 남는 것은 작품의 앞과 뒤에 조응하는 립스틱 장면이다. 앞에서는 미즈코가 명숙에게, 뒤에서는 명숙이 미즈코에게 발라 주는 립스틱, 그렇게 새빨간 입술로 서로를 바라보며 예쁘다고 말하는 장면은 기이하면서도 뭉클하다. 나는 이 기이한 몸짓에 힘껏 공감한다. 그녀들이 파리한 입술에 새빨간 칠을 하고, 그렇게 붉은 생명력으로 두려움을 떨치고 세상으로 나가는 몸짓은 경이롭다.

3 나는 정처없습니다[*]

「적로」에 서로의 예술을 알아보는 예술가들이 등장한다면, 「1945」에는 서로의 고통을 알아보는 위안부 여성들이 등장한다. 나는 동성의 관계에서 발생하는 감정, 그게 우정이든 애정이든 사랑이든 모두 아름답다고 생각하는데, 명숙과 미즈코의 관계는 아름다움을 넘어 숭고하다고까지 느낀다. 명숙이라고 망설임이 없었겠는가. 미즈코를 버리고 홀가분하게 영호와 함께 조선으로 돌아와 사는 꿈 같은 걸 꾸지 않았을까. 한때 명숙은 영호와 담배를 피우며 이런 대화를 나눈 적이 있다.

영호　명숙 씨는 꿈이 뭡니까?
명숙　꿈?
영호　응.
명숙　그런 거 없어요.
영호　꿈 없는 사람이 어딨어.

* 앞의 이성복 「서시」.

명숙   꿈이라…… 꿈이라…… 글쎄. 이제껏 살아온 게 꿈 같은
       데, 아직도 길고 긴 꿈속에 있는데, 꿈속에서 무슨 꿈을
       더 꾼단 말이에요?

영호   아, 그런 꿈 말고, 그러니까 앞날에…….

명숙   앞날…… 꿈에두 그런 건 생각해 본 적이 없어서.

영호   생각해 봐요.

명숙   음…… 앞날은 모르겠구, 더 이상 꿈을 꾸지 않는 거? 이
       꿈에서 깨어나는 거…… 그게 내 꿈이야.

영호   (못 알아듣고) 응?

명숙   아마 그럴 수는 없겠지. 아니, 결국에는 그렇게 되겠지
       만. 그때까지는…….

영호   그게 무슨 꿈인데요?

명숙   그만해요.

　　　명숙에게 꿈은 과거부터 지금까지 이어지고 있는 지독한
악몽일 따름이며, 앞으로의 꿈이라면 더 이상 꿈을 꾸지 않고
이 악몽에서 깨어나는 것이다. 하지만 그 꿈조차도 불가능해
보이는, 그래서 언제가 될지 모르는 '그때'까지 악몽을 살아야
하는, 그리하여 꿈 이야기는 더 이어지지 않고 그만할 수밖에
없는 기약 없는 미래가 되는 것이다. 명숙의 마음에서 '꿈'이
라는 말에는 지옥의 화인이 찍혀 있다. 아니, 그녀의 귀에 도
착하는 모든 말과 그녀를 바라보는 모든 시선에 그 화인이 찍
혀 있다. 자신에게 찍힌 게 아닌데, 자신을 보는 눈과 자신을
향한 말들에 찍힌 화인들인데, 그걸 돌려줄 수 없이, 돌이킬

수 없이 그녀 스스로 그 화인이 찍힌 더러운 존재로, 누군가 정화해 주어야 할 존재로 살아야 하는 운명이 된 것이다.

그러므로 구제소를 떠날 때 영호가 마지막으로 명숙을 불러 명숙을 괴롭히던 최 주임을 패고 온 사실을 암시할 때, "명숙의 얼굴에 가없는 회한이 잠시 서린다." 그때 명숙은 어떤 회한을 맛보았을까. 미즈코를 떨쳐 냈더라면, 위안부임을 밝히지 않았더라면…… "그러나 이내 빙긋이 웃으며" 고맙다고 말하고 떠나는 명숙의 윤리적 결단에는 지독한 고통과 모멸을 견뎌 낸 자의 연대 의식과 함께, 알량한 공동체를 복원하기 위해 폭력적으로 배제되어야 하는 얼룩으로서의 자신에 대한 냉철한 인식이 있다. 전쟁은 끝났고 모두 자기만의 꿈에 부풀어 있지만 그 꿈에서 끝끝내 배제되어야 하는 오점으로서 명숙과 미즈코는 계속되는 악몽을 살아야 할 것이다. 그런 미래의 두려움 앞에서 명숙과 미즈코는 붉은 립스틱을 바르는 의식을 행한다. 보아라, 우리가 바로 그 얼룩이다. 너희의 더러운 눈에만 보이는, 우리는 이토록 예쁜, 기레이 얼룩이다.

이렇게 배삼식은 무시무시한 시절을 다루는 이야기 2부작을 내놓았다. 그 시절을 견디게 한 '허'의 미학과 절체절명의 상황에서 살아남은 자들의 처절한 '생'의 감각, 그리고 그들에 대해 끝내 제대로 된 자리를 마련해 주지 않고 비루하게 흘러온 역사의 '잔여'에 대한 질문들을…… 이슬과 핏방울, 그리고 눈물방울들을…….

1945

1판 1쇄 찍음	2019년 8월 2일
1판 1쇄 펴냄	2019년 8월 9일

지은이	배삼식
발행인	박근섭·박상준
펴낸곳	(주)민음사

출판등록	1966. 5. 19. 제16-490호
주소	(우편번호 06027) 서울특별시 강남구 도산대로1길 62(신사동)
	강남출판문화센터 5층
대표전화	02-515-2000 ∣ 팩시밀리 02-515-2007
홈페이지	www.minumsa.com

ⓒ 배삼식, 2019. Printed in Seoul, Korea

ISBN 978-89-374-4356-5 (03810)